МАРК РОЙТМАН автор:
- *ПУТЬ - 2007*
- *В ОЖИДАНИИ ПОЕЗДА - 2008*
- *ТИГРОВЫЙ БАЛЬЗАМ - 2010*

Ма[...] 195[...] [...]ду в Советском Союзе. Отец Марка был военный и семья часто переезжала с места на место. Зрелые годы Марк провел в Санкт-Петербурге, бывшем Ленинграде. После окончания института Марк, страстно любивший спорт, стал работать тренером по борьбе и был хорошо известен в спортивных кругах страны. В 1989 году Марк с женой и сыном иммигрировал в США. В настоящее время они проживают в Филадельфии.

НОРД ИСТ

Марк Ройтман

FIRST EDITION

Zubry Publishing   -ZP-   Princeton, NJ, USA
boriszubry@comcast.net

Philadelphia, USA

ISBN: 978-1501071614
Printed in the United States of America

ПРОЛОГ

*Т*ело Лизы нашли лежащим на железнодорожных рельсах под мостом. По мосту проходила узкая дорога, вся в рытвинах и ухабах. Со вчерашнего вечера и всю ночь лил дождь. К утру дождь прекратился, а налетевший ветер свалил серые облака за горизонт, уступив место тёплым весенним солнечным лучам. Утопая в высоких кустарниках, одним концом дорога упиралась в высокую песчаную насыпь, а другим уходила в парковую зону, где раскидистые зелёные кроны больших сосен цеплялись ветка за ветку, радовались голубому небу. Лишь поржавевшие железные перила моста отсвечивали холодным могильным светом. Уголок смерти в потоке жизни…

"Её накачали наркотиками, затем задушили, а потом сбросили с моста," - снимая перчатки с жилистых рук, заключил патологоанатом, высокий седоволосый худой, словно жердь, мужчина в белом халате.

Майкл Кэмбелл, коренастый, выше среднего роста детектив районного дистрикта, понимающе кивнул:

"А время? Когда наступила смерть?"

"Думаю, что вчера вечером, а с моста её сбросили ночью."

Детектив развернулся к двери и провёл увесистым кулаком по квадратному подбородку:

"Хм-м, ладно. Разберёмся. Спасибо, док."

"Есть ещё одно: на наркоманку она не похожа и…," - док снял белые перчатки и бросил их в корзину.

Кэмбелл остановился перед открытой дверью:

"Ну?"

Патологоанатом достал из бокового кармана пачку сигарет:

"Могу добавить, что её сначала изнасиловали, потом задушили, а ночью сбросили. Полностью всю информацию я подготовлю дня через два."

Детектив слегка прищурил глаза, с минуту постоял, молча почесал жёсткий бобрик своих тёмных волос, после чего тяжело вздохнул:

"Понятно. Через два дня я к вам зайду."

ЧАСТЬ ПЕРВАЯ

ГЛАВА ПЕРВАЯ

*Н*ика дружила с Лизой, потому что… дружила. Во-первых, жили в соседних домах, а во-вторых, учились в одном классе. Девочки должны дружить с девочками, так думала Ника. Тем более и родители тоже общались и были не против их дружбы. Начальная школа у подруг прошла без особых трудностей. Маленькая Ника спрашивала у мамы, почему у них в школе много детей с разным цветом кожи. На это у мамы конкретного ответа не было, папа же брал в руки атлас мира и рассказывал о разных материках и странах, откуда, возможно, и приезжали предки этих самых разноцветных детей. Ника с этим быстро соглашалась и спешила к подружке Лизке, у которой были аналогичные вопросы, а объяснять у её родителей времени не находилось, потому что они часто ругались. Нике повезло, родители жили дружно. Закончилась начальная школа, началась средняя, где подружки должны были проучиться три года: 6-ой, 7-ой и 8-ой классы.

Учителей стало больше, как и предметов. Средняя школа - новый этап, новая атмосфера. Многие девчонки курили в туалете без всякого стеснения. И в громких разговорах с наманикюренными пальцами непременно щеголяли словами, начинающимися с буквы "ф". Училась Ника с удовольствием, прилежно и успешно. Была одной из самых успевающих в их классе. Лиза тоже старалась не отставать.

Лизка имела боевой характер и все обходили её стороной. Нике же было очень жалко свою лучшую подругу. Была причина. В начале шестого класса, в самый разгар бабьего лета пришла к ней заплаканная Лиза. Как оказалось, её мама выпроводила за дверь и выставила на улицу чемоданы вместе с Лизкиным папой за то, что тот "любил много гулять". И теперь родители не хотят жить вместе. А Лиза папу очень любит, и без него ей плохо. Одиннадцатилетняя Ника сочувствовала своей подруге, не зная, как ей помочь, хотя была немного изумлена:

"Неужели, - думала Ника, - за то, что человек любит гулять, его нужно выпроваживать за дверь, выкидывать на улицу чемоданы?"

Ника сама тоже любит гулять в парке, например, но с папой, конечно, собирать листочки от разных деревьев, прятать их в толстую тетрадку и ждать, пока они подсохнут для гербария. А ещё они с папой гуляли на карнавале, где крутится чёртово колесо и всякие смешные и страшные аттракционы. Одной гулять пока ей не разрешали, только возле дома, и мама папе скандалов не устраивала. А потом она увидела, как её мама в первый раз закурила. Вышла на балкон и вынула из узкой коробочки тоненькую белую сигарету. На Никин вопрос:

"Почему?"

"Нервы, - ответила мама, - нервы."

Папа попытался объяснить подробнее: "Трудно маме даётся учёба, вот и нервничает, волнуется, значит. Но правильно, малышка, что ты спрашиваешь. Курить вредно, очень вредно."

"Зубы будут жёлтые," - насупилась Ника, обидевшись про себя. Она не малышка.

"И зубы жёлтые тоже," - задумчиво согласился папа.

Что такое нервы, от чего мамы начинают курить, Ника объяснить не смогла. Её больше устроило папино слово "волнуется":

"Интересно, - подумала она, - надо спросить у Лизки, что её мама делает, когда волнуется."

Никина мама училась в колледже на медсестру.

"Здесь другие требования и объём курса гораздо больше, - продолжал пояснять папа, - вот мама и зубрит каждый день с утра до ночи."

"Но ведь учёба закончится, а зубы-то останутся жёлтые. Никогда не буду курить," - рассуждала Ника, но Лизе об этом не рассказывала. Было стыдно.

Сама Лиза пребывала в ужасном состоянии после переезда её папы в другой город.

"Но он же тебе звонит?" - спрашивала Ника.

Лиза кивала головой, а у самой глаза были на мокром месте:

"Звонить - это не значит быть рядом."

Ника всё понимала, но помочь ничем не могла. Лиза на её глазах становилась молчаливой, задумчивой и взрослой. Когда она спросила Лизку о непонятных круглых белых палочках, которыми были забиты почти все урны в их школьном туалете, та прыснула:

"Ну, ты даёшь. Это же тампоны."

"Тампоны? А для чего?"

Лизка шепнула:

"А вот не скажу. Сама догадаешься. У тебя ничего не идёт?"

"Откуда не идёт?"

Лизка без стеснения задрала юбку и показала свои трусы:

"Откуда - откуда. Оттуда."

Ника покраснела и быстро вышла в коридор. К счастью для неё, Лиза в классе никому об этом не рассказала. Но у дома, выйдя из школьного автобуса, согласилась:

"Ну, ничего, не переживай, скоро начнутся. Ты же на год младше меня. Погулять выйдешь или опять книжки свои читать будешь?"

"Не знаю, - пожала плечами Ника, - ты мне позвони. О-Кей."

"О-Кей."

Читать она действительно любила. Ника пока не знала, как ответить на извечный вопрос папиных и маминых друзей:

"Кем ты хочешь быть, когда вырастешь?"

Прошёл год. Ника стала носить в школу тампоны. На её аккуратном носике появились очки. Но ногти, в отличие от Лизки, она не маникюрила, не пользовалась помадой и не курила. Продолжала получать хорошие и отличные отметки по всем предметам. Даже по физкультуре. Дома Ника была счастлива. Теперь она понимала, что такое, когда мама и папа рядом. Пусть ругаются иногда, но рядом. Закончился восьмой класс, а с ним и средняя школа. Они с Лизой стали старшеклассницами. Нику перемены не пугали, её пугало другое. И это касалось её лучшей подруги Лизки, которая стала водиться с плохими девчонками.

В школе многие говорили, что эти девочки приносят в школу какую-то траву и ещё что-то другое, что Ника и не помнит, как называется. Но то, что это кончится не - хорошо, чувствовала. Когда решилась спросить Лизу, то получила ответ, от которого ей стало не по себе:

"У тебя всё в порядке. Есть и папа, и мама. И денег тебе всегда дадут, если ты попросишь. А у меня, подруга, жизнь уже другая. И мама еле концы с концами сводит. Так что мне всё равно."

Так началась их осень в десятом классе. Разговор был вечером на парковке машин, где Лиза часто встречалась с очень сомнительными ребятами. Что она там делала, Ника не знала. Пока не знала. Потом, в конце учебного года, произошло то, что заставило Нику повзрослеть. После чего на вопрос, кем она хочет быть, Ника, не задумываясь, ответила бы: адвокатом.

Однажды папа пришёл домой с работы раньше обычного и преподнёс маме большой букет сиреневых роз. Любимый мамин цвет.

"Ого, что так рано?" - спросила мама, предварительно отблагодарив папу откровенным поцелуем.

"Завтра у меня выходной, - папа скинул на стул свой рабочий пиджак, - не хотелось, конечно, но хозяин хочет попробовать своего сына в бизнесе. У того каникулы в институте после первого курса."

"А ты?" - мама на радостях уже накрывала на стол.

"А я с удовольствием отдохну. Мы, может, куда-нибудь поедем."

"Куда?" - раздался мамин голос из кухни.

"Ну, например, в Нью-Йорк, к моим родственникам."

"Это здорово. Можем и Нику с собой взять?"

"Обязательно, - ответил папа, - она у нас отличница. Пропустит один день - это не страшно. Зато Манхэттен ей покажем."

В Нью-Йорке жили папины родственники. Некоторые из них работали в Манхэттене на знаменитой "золотой" 47-ой улице, где очень много ювелирных магазинов. Именно там папа и сделал первую остановку. Пробыли они на 47-ой чуть больше часа. Родственники подарили маме золотую цепочку с кулоном в виде маленького ларца с приоткрытой крышкой, из которой выглядывал драгоценный камень голубого цвета. Мама улыбалась и была очень довольна. Нике было интересно. Море людей, море машин и море магазинов - так в глазах Ники предстал Манхеттен.

Два часа ушло на магазины. После чего они поехали к тем же родственникам, но уже домой. Теперь Ника увидела своими глазами район Бруклин, где, в основном, живут иммигранты из бывшего Совка (так папа часто называл бывшую Родину). Переоделись в квартире, окна которой выходили на океан, и пошли в ресторан под названием "Зимний сад", стоящий также прямо на берегу серого, хмурого залива Гудзон, вбирающего в себя океанские воды Атлантики. Везде русская речь: музыка, официанты, посетители. Мама танцевала с папой, была весёлая. Папа много шутил. Он был нарасхват, так как родные его давно не видели.

В субботу пообедали в ресторане "Парадайс", вечером - музыкальное шоу на Бродвее, то есть опять Манхэттен. А в воскресенье поехали назад в Филадельфию.

"Спасибо, любимый, - мама поцеловала папу в щёку, - это были чудесные выходные. Правда, Ника?"

Та оторвала глаза от родительских подарков и закивала симпатичной головкой. Кофточки, футболки, джинсы и даже брючный костюм. Лизка изойдёт от зависти. Хотя зачем она нужна, эта зависть. Ведь ей и так плохо без папы. Всё, решено: она приедет и подарит Лизе одну кофточку и одну футболку. Фигуры у них почти одинаковые. И подарила. А в понедельник и случилось то, после чего Ника повзрослела. Когда она вернулась из школы, папа был уже дома. Он лежал укрытый одеялом на нерасстеленной кровати и, как ей показалось, спал. Решила ему не мешать. Пусть отдыхает. Только лишь под вечер, когда вернулась из колледжа мама, Ника узнала, что же случилось в прошлую субботу, когда они были в Нью-Йорке. Это касалось хозяина магазина, где папа работал.

Хозяин с сыном подъехал к своему ювелирному магазину, как всегда, в 10 утра. Снял замки, открыл железные ставни, а когда хозяин вставил ключ, чтобы открыть магазин, то сзади вырос африканец с пистолетом, который хладнокровно застрелил их обоих, отца и сына. Открыл магазин, не обращая внимания на сработавшую сигнализацию, разбил почти все витрины, сграбастал столько, сколько успел. А на улице его уже ждала машина. Всё это преступники предусмотрели, кроме одного. Папа и сын были не одни, старший брат на другой машине остановился в тот момент, когда убийца выходил из магазина с мешком награбленного. Тела убитых лежали тут же рядом.

Водитель в машине сразу всё понял и дал газу, убийца рванул с мешком. Старший брат не растерялся. В Израиле, откуда приехала их семья, он служил в спецвойсках, и оружие носил собой. В спецвойсках израильской армии, видимо, служат достойные ребята. Убийца далеко не ушёл. Оставалось совсем немного, когда он увидел, как бежавший с мешком открывает дверь ожидавшей его машины. Прицелился… два выстрела, и два трупа. Это всё услышала Ника из папиного рассказа. И теперь старшему брату, отомстившему за родных, грозит пожизненное заключение. За двойное убийство.

Прокуроров не интересовало, что оба преступника были вооружены и что один из них убийца. Проблема заключалась в том, что они находились почти спиной к стрелявшему в них брату. А это, оказывается, другая статья. Хотя полицейские, приехавшие на место происшествия, в один голос сказали, что брат сделал хорошую работу.

"Как же так, - думала Ника, - убийцы наказаны, их кровавое дело налицо, а виноват тот, кто совершил справедливый суд."

"Ему нужен хороший адвокат, - услышала она из кухни папин голос, - и ребята сейчас собирают деньги."

"Ясное дело, убийцам должно достаться по заслугам," - добавила мама, но тут зазвонил телефон.

Наутро Ника решила выучиться на адвоката. Лизка, принимая подарки от Ники, тоже была в шоке от услышанного.

"Жаль, что у меня денег нет."

"Зачем?" - спросила Лиза, примеряя цветастую футболку.

"Как зачем? Я бы тоже отдала тому парню."

"Зачем?" - повторила Лиза.

"А как бы ты поступила? Если бы…," - Ника сжала кулаки.

Лиза одёрнула края футболки и внимательно посмотрела на подругу: "Значит, говоришь, что отдала бы?"

"Да, - уверенно продолжила Ника, - отдала бы, а тех расстреляла."

Лиза присела на стоявший у окна диван: "Так они уже…"

"Ну и что, ещё раз. Чтоб другим неповадно было."

"А не забоишься?"

"Чего? Расстрелять? Нет!" - выпалила Ника.

"Я про другое. Заработать," - прищурилась Лиза.

"А что нужно делать? Ты что, знаешь?" - она присела рядом.

Лиза ответила, но не сразу:

"Я подумаю."

"Ну?"

"Сказала, подумаю. Если решу, тогда будешь мне помогать."

Ника насторожилась. Хотела спросить, но промолчала, тем более, Лиза, приложив палец к губам, поменяла тему:

"Тсс-с. Расскажи лучше про Нью-Йорк и про Манхэттен."

Прошла неделя. Лиза не говорила, а Ника не интересовалась, что и как нужно делать, чтобы заработать. А потом с радостью узнала, что папины друзья собрали деньги, и теперь у старшего брата есть хороший адвокат. В пятницу, после школы, позвонила Лиза:

"Жду тебя сегодня возле бассейна на парковке машин в восемь."

"Это же поздно. Что я маме скажу?"

Трубка хихикнула:

"Ладно, я сама за тобой зайду."

Ника хотела было сказать, что помощь тому парню уже не нужна, но... не успела. Она повесила трубку и подошла к окну. Бассейн из её окон не был виден. Выглянув из-за шторы, сразу же прикрыла, будто кто-то подглядывал за ней. С конца июня бассейн работал каждый день. Как раз после завершения школьных занятий. До окончания десятого класса подругам оставалась одна неделя. Они обошли соседний корпус и вышли на узкую тропинку, проходящую за домами и ведущую к месту встречи. Со стороны домов бассейн был ограждён невысокой металлической решёткой, с противоположной - высокой сеткой забора. От забора до парковки шла широкая лужайка, где вокруг толстого ствола раскидистого дерева разместились два длинных деревянных стола. Столы сдавались в аренду администрацией их кондоминиумов и предназначались для небольших праздников, дней рождений или просто посиделок. Ника насчитала пятерых незнакомых ей ребят старше возрастом и двух девчонок. Вся компания стояла у трёх машин, припаркованных рядом с бассейном. Когда подруги подошли поближе, дверь одной из машин тут же открылась. Из неё вылез высокий худой парень:

"Эй, Лиз, опаздываешь, девочка. Принесла?"

"Да," - ответила Лиза, протягивая небольшую спортивную сумку.

Парень без слов взял сумку и вернулся на водительское место. На заднем сидении Ника разглядела взрослого крепкого мужчину. Прикрыв глаза, тот держал во рту зубочистку и поглаживал чёрные с проседью волнистые волосы.

"Отойдём," - Лиза потянула Нику в сторону.

Они встали возле одного из деревянных столов.

"Кто это?" - тихо спросила Ника.

"Кто?" - Лиза внимательно следила за машиной, куда ушёл парень с сумкой.

"Ну, эти все. Ты всех знаешь?"

"Потом, потом," - не поворачивая головы, ответила Лиза.

Худой парень появился из машины минут через пять. Подойдя к дереву, протянул Лизе конверт:

"Хвалю, молодец, Лиза. Позвоню завтра, и не забудь, что я просил, - потом перевёл взгляд на Нику, - а это кто?"

"Подружка моя, Ника."

"Привет, Ника. Я - Грэг."

Та ответила спокойным кивком: "Привет."

Парень подмигнул Лизе: "Ну, я погнал. До завтра."

С этими словами Грэг сел в машину, включил зажигание, вырулил к проезжей дороге.

"Пошли," - кивнула Лиза.

Подружки медленно шли к своим домам. Никин корпус был первым. Лиза вытянула из узкого кармана джинсов смятую бумажку: "Это тебе."

"Что это?" - Ника отвела рукой сжатый Лизкин кулак.

Та ухмыльнулась, но без сарказма:

"Ну, ты же хотела ... заработать. Вот и..."

"Ты шутишь?"

"Нет."

"Я не возьму. Это нечестно. Я даже не знаю за что."

Лиза не стала больше объяснять и сунула бумажку назад в карман: "Ну, как знаешь. А у меня каждый цент на учёте. Спокойной ночи, подруга."

"Подожди, - Ника посмотрела в сторону бассейна, потом на Лизу, - слушай, а кто этот Грэг? Мне кажется, что я его где-то видела."

Лиза криво улыбнулась:

"Он же на каратэ с нами ходил и..."

"И его сэнсэй выгнал," - припомнила Ника.

"Выгнал и выгнал. Думаешь, сэнсэй всегда прав. А Гриша..."

"Точно, вспомнила, Гриша," - сверкнула глазами Ника, - его звали Гриша."

"Был Гриша, а теперь Грэг. Он классный парень."

"Но он же старше тебя."

"Ну и что, мужчина должен быть старше. Это круто."

Ника опустила голову:

"Да, Лизка, ты права. А давно ты с ним дружишь?"

"Нет, где-то с месяц."

"И у вас это серьёзно?"

"Что?"

"Ну, дружба."

Лизе уже хотелось идти домой:

"Серьёзней не бывает. Всё, завтра после школы и поговорим. О - кей?"

"О - кей," - ответила тихо Ника и открыла дверь своей квартиры.

Спала плохо. Долго ворочалась. В памяти стали появляться картинки не такого уж и далёкого прошлого. Им с Лизкой было по десять лет, когда они пришли в школу каратэ, открывшуюся в их районе, где, в основном, занимались дети иммигрантов из России.

"За что же сэнсей выгнал Грэга?"

По тёмной комнате блуждали лучи далёкого месяца, похожего на дольку лимона в дырочках. Она лежала с открытыми глазами. Спать не хотелось.

"Да-да," - вспомнила она.

В их группу пришёл парень, только-только приехавший с родителями из бывшего Союза. Всем новоприбывшим выдавалась бесплатная форма "кимоно" и делалась скидка на месячную оплату. Через месяц, где-то в конце лета, и случилось. Кто-то выкупал майку того парня в туалете, а вещей у него было... три майки, джинсы и спортивные штаны. Вот и весь его гардероб. После тренировки сэнсей отдал пострадавшему свою футболку, сам накинул какую-то куртку и поехал с ним в магазин. Купил ему пять футболок, но перед тем, как уехать, попросил старших ребят узнать, кто это сделал. И этот кто-то оказался... Гриша, он же Грэг. Грэг родился в Америке, родители его приехали двадцать лет назад.

"Зачем?" - спросил его сэнсей.

"А что он в одной футболке целую неделю ходит."

Это были последние слова Грэга. Сэнсей его выгнал.

*****

ГЛАВА ВТОРАЯ

С самого утра Санни был не в настроении. А всё потому, что понедельники он не любил. Сначала обнаружилось, что трак, доставлявший хлеб, привёз не весь заказ. Булок для сэндвичей оказалось на три ящика меньше. Это, конечно же, не такая уж и большая проблема, но всё равно. Ведь с неё начиналась новая неделя. Санни оставлял водителю наличные в ящике под последней кухонной плитой. Деньги взяты, а товар не весь. Позже выяснилось, что в эту ночь работал стажёр, который плохо проконтролировал загрузку. После того, как Санни отматерил хозяина трака, буквально в течение часа недостачу погасили. Потом позвонил мойщик посуды, мексиканец, сообщил, что сломал руку. Пришлось вызывать замену. Тоже ничего страшного, когда есть под рукой сорокалетняя филиппинка с сыном. Два отличных повара: один родом из Венесуэлы, а другой из Бразилии.

Санни получил на откуп небольшой, но популярный в их районе ресторан. Дон не отправил его на покой, но принял решение приземлить Санни и перевёл его из "солдат" в "командиры". А с доном Санни был уже более пятнадцати лет. Работал честно, практически без провалов. И остался живым. Это ценилось. Их "дружба" началась после армии, где Санни отслужил по контракту в морской пехоте три года. Молодой, решительный, крепкий. Были у Санни и свои мечты: первое - заработать денег и купить дом. Второе - жениться и иметь троих малышей: двух мальчиков и одну девочку. Ну а третье - это яхта: белоснежная, бороздящая сине-зелёную гладь Карибского моря. Можно, конечно, и Атлантического океана, что поближе, но море в понимании Санни ассоциировалось с берегами Флориды, куда он бы и хотел впоследствии перебраться и скоротать не очень любимый им преклонный возраст, как выражался дон: возраст мудрецов.

“Мудрость, Санни, - говорил, скрипя голосом, дон - это когда спокойствие и уверенность в своих силах, а ты много суетишься. Хотя с возрастом суета проходит. Так что, дерзай, сынок. Дерзай.”

И Санни дерзал. Уходил на кухню, где разбирал и чистил до блеска свою “Беретту”. В пятнадцать лет Санни остался с одной матерью. Чем занимался отец, Санни толком не знал, но винный магазин, где его отец был хозяином, кормил всю их семью: его и двух маленьких сестрёнок. Сюзанне было пять, а Луизе десять. Он учился в школе и помогал отцу по бизнесу. Однажды, где-то в середине жаркого лета, перед самым закрытием в магазин зашли двое. Санни стоял у кассы, они ему сразу не понравились, а отец с ними спокойно поздоровался и спустился с гостями в подвал. Через минут пятнадцать те двое поднялись наверх и спокойно ушли.

Санни почувствовал неладное. Так и получилось. Когда он сбежал в подвал, то нашёл отца лежащим на холодном цементном полу с простреленной головой. Выстрела Санни не услышал, наверное, стреляли с глушителем. После этого Санни стал кормильцем в семье. Школу пришлось оставить и полностью переключиться на отцовский бизнес. Убийц он запомнил, один невысокий, широкоплечий, с красным, как у помидора, лицом, второй, повыше ростом, с глубоко посаженными маленькими чёрными глазами и двумя золотыми зубами. Похоронив отца, Санни решил:

"Я должен отомстить."

А спустя неделю записался в секцию бокса и стрельбы.

Одним жарким днём, в полдень, в небольшой пиццерии сидела единственная компания из семи человек. Сидели спокойно, мирно общались и поглощали дары итальянской кухни. Среди них присутствовал высокий, поседевший мужчина с двумя золотыми зубами, а рядом с ним сидел облысевший, широкоплечий мужчина, с красным, как у помидора, лицом. Из кухни появился официант, молодой парень в чёрных брюках с форменной бабочкой на белой рубашке и подносом в руках, на котором под серебряным блюдом что-то дымилось, должно быть, вкусное. Он поставил поднос на складной столик, собрал грязную посуду, расставил чистые тарелки и открыл серебряную крышку. Дальнейшее произошло в считанные секунды. В руках у официанта сверкнул пистолет. Тот легко, без всякой паники, сделал два выстрела, после которых двое из семи, с простреленными лбами, упали лицом в белые красивые тарелки, расписанные сиреневыми цветами. После чего парень сделал упавшим по одному контрольному выстрелу в затылок и стремительно юркнул на кухню. Это был Санни.

Его, естественно, нашли, но никто с ним счёты сводить не собирался, а, скорее, наоборот. Так он познакомился с доном, которому такая неслыханная дерзость понравилась. И всё устроилось так, будто ничего не было. Вместо тюрьмы Санни отправился в морскую пехоту на три года. После службы стал работать на своего покровителя. Год его проверяли. Для начала он был водителем дона. Потом его стали брать на "дела". Пять лет Санни "работал" не покладая рук, ну и естественно, не опуская ствола выданной ему "Беретты".

Но однажды…

Дело, которое ему поручили, нужно было выполнить в другом штате, в котором были интересы его дона. Небольшой приграничный городок. Санни в составе бригады земляных рабочих должен был убрать одну нежелательную фигуру, мешавшую своими демократическими взглядами местному мэру на предстоящих выборах. Для начала он получил адрес, а затем и всю информацию на самого человека. Это оказалось несложно, так как в городке его встретил местный посланник и обо всём оповестил. Осталось только дождаться, пока нужный человек в машине будет один с шофёром. Об этом его тоже должны были предупредить. От ворот узкая дорога вела к гористой местности, а точнее, к горному обрыву, там и надо было выстрелить в голову шофёру. А машина сама бы   улетела в пропасть.

Санни всё подготовил. Выбрал место. Дождался машины, выскочившей из-за поворота. Прицелился и вдруг увидел две детские головки… Но снаряд, выпущенный им, остановить был не в силах. Наутро выяснилось, что вместо нужного человека в машине сидела его жена и две дочки, одной пять, а другой пятнадцать. Санни месяц приходил в себя. Каждый день ходил в церковь - не помогло. И расплата не заставила себя долго ждать. Через год у него умерла мама. А за два последующих года и обе сестры. Старшая сестра попала в аварию, сгорела в машине, а младшую, Сюзанну... Да, ужасно, её изнасиловали. Санни нашёл насильников и самолично казнил. Он их повесил над пролётом одного моста с отрезанными достоинствами, вставленными в рот. Через год у Сюзанны обнаружили в голове опухоль. Врачи были бессильны. У Санни в душе померк свет. Он стал выпивать, чего за ним никогда раньше не водилось. Попался нетрезвым. На первый раз его простили:

"Второго раза не будет, Санни," - дон погрозил пальцем.

Санни не выдержал и напился ещё раз. Теперь его решили проучить. Санни угодил за решётку на полгода. Там он и заметил нелюдимого, молчаливого Грэга, сидевшего за продажу наркотиков. Санни же не имел права ни на алкоголь, ни на наркотики - это он хорошо знал.Хоть и не нуждался Санни полгода ни в чём, но тюрьма – это не резорт: нецензурная брань, драки на кулаках и с самодельными ножами почти каждый день. В один прекрасный день в очереди, чтобы позвонить, кто-то повздорил, а Санни обоих гавриков успокоил: сдвинув тех лбами. Инцидент вроде был исчерпан. Но на прогулке, где можно было поднимать штангу или другие тяжести, на Санни те двое и напали. Первого Санни опрокинул на землю без проблем, второго даже и не видел, а у того был самодельный нож. Но тут откуда ни возьмись возник тот самый нелюдимый наркоман Грэг и очень даже чётким ударом ноги сначала выбил у нападавшего нож, а другим ударом в голову прибил того к асфальту. Так они и познакомились.

Выйдя из тюрьмы, Санни явился с повинной. Дон простил и тут же дал очень серьёзное задание:

"Сынок, нужно будет поехать в Европу, конкретно тебе обо всём расскажет Тони, вы поедете вместе. Выполнишь заказ и можешь считать, что мы с тобой в расчёте. После чего немного отдохнёшь."

Санни, передёрнув плечами, кивнул.

"Вот и отлично. Встреться с Тони, и... удачи тебе, Санни. Я в тебя верю, мой мальчик."

На этот раз у него всё прошло, как по маслу. В Берлине, где нужно было выполнить заказ, Санни узнал о русской мафии.

Россия всегда для него была загадкой. Знал о России он немного. Ну, например, что в России все всегда голодные, значит злые. Что по улицам ходят медведи, значит русские бесстрашные, ну и конечно, что красивые девчонки, а это Санни ценил высоко. Таких девчонок Санни видел только на картинках, а получил сразу троих. Они отделали его так, что весь следующий день ему пришлось отдыхать. Русские любят баню, а в бане, помимо веников, еды и массажисток любят выпить, но к наркотикам никто из русских "солдат" не прикасался. Санни это оценил. Вот почему, когда ему позвонил Грэг, Санни насторожился. По телефону решил с ним не говорить, а пригласил его в свой ресторан. Первый раз Грэг зашёл к нему сразу же, как освободился из тюрьмы.

Потом Грэг стал заходить к Санни раз в месяц. И всегда рядом с ним была симпатичная девчонка. Но в этот понедельник он пришёл с двумя парнями:

"Мне нужна твоя яхта, по делу," - шепнул Грэг.

"По делу? А эти кто?"

"Дружки."

"Дружки?"

"Ну, да. В карты переброситься."

"Хорошо, пройди к заднему входу и подожди пару минут. Я в кабинет и обратно."

Санни уже не раз давал Грэгу ключи от яхты, когда тот появлялся с очередной девчонкой.

"Русских нужно знать, но держать на расстоянии: доверять - нет, а присматривать - да, вдруг на что-нибудь этот прохвост и сгодится," - такой вывод он сделал для себя после Европы.

Санни с ключами вышел на улицу. По тёмному небу поползли серые разводы, задул прохладный ветер, что не в диковинку в последнюю летнюю неделю. Машина Грэга стояла у обочины, в ней сидели двое парней и...

"Что за девчонка с тобой?" - насторожился Санни.

"Так ты же её уже видел."

"Надолго?" - Санни протянул ключи.

"Кто, девчонка?"

"Нет. В карты."

"Утром завезу."

"Завтра я буду к десяти. Раньше не появляйся."

Машина рванула с места так, словно эти ребята только что ограбили банк. Санни, сдвинув брови, смотрел им вслед, пока машина не скрылась за поворотом. Девчонка, которую он увидел в машине, появилась у Грэга месяц назад. Санни помнил, как в первый раз она появилась с Грэгом у него в ресторане. Красивые ноги, симпатичная мордашка, длинные русые волосы и карие глаза. Красивое сочетание.

"Ладно, проверим," - Санни провёл кулаком по своему подбородку и, развернувшись, зашёл в чёрный ход своего ресторана.

Не любил Санни понедельники. Не любил...

*****

ГЛАВА ТРЕТЬЯ

Что нравилось Грэгу в жизни, точнее, чем Грэг любил заниматься с удовольствием? А любил он ничего не делать, но всё иметь. В это всё входили непременно деньги, деньги и ещё раз деньги.

"Остальное можно купить за те же самые деньги," - так говорил его отец, который имел успешный бизнес в городе Киеве, откуда и был родом.

Мама приехала в Америку из Одессы и встретила папу в Филадельфии. Поначалу она пилила ногти, маникюрила в салоне, но позже, с помощью отца, открыла собственный салон. Для маленького Грэга как для единственного и любимого сына слова "нет" не существовало. Хочешь это? Не проблема. Купим, если не сегодня, то завтра непременно. В детский сад Грэг не ходил. Когда он подрос, определили его в частную школу. Правда, вскоре почему-то оттуда выгнали, и в девятый класс Грэг пошёл в обычную школу. Зачем частная школа, когда ему давно было сказано о том, что главное в жизни - это деньги. А деньги у него были. Были всегда. Как и новые дорогие игрушки, велосипеды, компьютер с компьютерными играми. Только вот в друзьях у него мало кто ходил. Грэг играл один. Папа по бизнесу в отъезде, а мама смотрела фильмы по телевизору, читать книги, ну и заниматься собой: массаж на дому два раза в неделю, маникюр, педикюр и парикмахер тоже на дому. В собственный бизнес она приезжала раз в неделю - за деньгами и когда приходили новые клиенты. Если нужно было проявить заботу о сыне, поговорить с ним, позаниматься, проверить уроки, то этим занимались репетиторы. Надо сказать, что способности у Грэга были. Например, в математике, в физике, но никто из домашних на это внимания не обращал. В детстве он любил конструировать, ставить всякие опыты и что-нибудь разбирать и собирать. Но у него полностью отсутствовала любовь к ближнему. Да и откуда она могла взяться, если про это дома никто никогда не говорил. Когда же Грэг нарушал нормы поведения в школе, тогда маме приходилось появляться и выслушивать о своём чаде от учителей.

Няня, живущая у них в доме, с одной стороны обожала маленького Грэга, но когда тот подрос, набожная, она с ужасом реагировала на его выходки. С задней стороны дома был бассейн. Вокруг бассейна и до забора росли красивые кустарники и клумбы с яркими цветами, распускающимися поздней весной. За забором через небольшую лужайку начиналась лес. Часто можно было увидеть белок, сереньких зайчиков. Нянечка запомнила, в основном, зайцев, потому что...

"О! Ужас!" - вздыхала она про себя.

Как и кому сказать, ведь можно лишиться работы. Для начала Грэг из железных прутьев смастерил продолговатые клетки-ловушки, в которые попадались те самые несчастные зайчики.

Почему несчастные? Да потому, что Грэг проводил с ними опыты, трудно укладывающиеся в набожном уме его нянечки. Он их линчевал и подвешивал уже удушенных на деревьях. Потом пошёл дальше: отрезал лапки. Одни зайчики умирали от болевого шока, другие выживали. И нянечке, нет-нет, да и попадались на глаза зайки на трёх лапках. Руки у неё опускались, и она заливалась слезами, но молчала.

Для большей уверенности и повышения самодисциплины его отдали в секцию каратэ. И надо сказать, у него что-то получалось. В тринадцать лет он даже выиграл первое место в спаррингах среди зелёных поясов на соревновании, проходившем в соседнем штате. Через два года, когда ему оставалось чуть-чуть до красного пояса, его учитель - сэнсей выставил его за дверь, и на том каратэ для Грэга закончилось. Расстроился ли он? Абсолютно нет. Выгнали и выгнали. Дело-то. В конце одиннадцатого класса познакомился с двумя ребятами, распростаняющими в школе наркотики. Для начала те двое отбуцкали Грэга после школы, заставив покупать им каждый день ланч в школьной столовой. Но просить у Грэга денег... - легче его убить. Они это быстро поняли и предложили заняться "чистым бизнесом", чистым, в смысле, неубыточным. А вот на это Грэг клюнул сразу.

Что нужно было делать? Не так много и не так мало. Он должен был выяснять, у кого из старшеклассников ожидаются дни рождения или просто вечеринки, когда родители куда-то уходят или же уезжают. На такие вечеринки и приезжали те самые парни. На улицу вызывался "сообщник" или распространитель, работающий на Грэга, которому и вручались упаковки с наркотиками. "Сообщник" знал, что заработанные деньги он должен будет разделить с Грэгом. Потом, когда у Грэга появилась машина - двухдверный спортивный "Шевролет" чёрного цвета, он сам стал заниматься этим неубыточным бизнесом, пока не попал в полицию. Получил четыре года тюрьмы. Папа нанял сильных адвокатов, и единственное чадо год пробыл за решёткой, а три года стали условным наказанием в надежде на то, что молодой человек, впервые попавший в такую переделку, обязательно сделает правильные выводы. Так думали судьи, но только не Грэг. Папа сказал Грэгу так: "Должен нормально закончить школу. Захочешь в колледж, помогу. Не захочешь - твои проблемы. Но чтоб этого "дерьма" я дома больше не видел. Если есть мозги, то найди им другое применение. Ещё раз устроишь подобное, помогать не буду. Усёк?"

Грэг молча кивнул, потому как знал, что отец не шутит. Школу он закончил, но на большее его не хватило. Решил продолжить тот самый бизнес. Его контакты пополнились во время пребывания в тюрьме. Теперь он знал, куда ехать, что брать и у кого. Мел Джексон и Рон Гибсон познакомились с Грэгом три года назад, когда вместе сидели в колонии для подростков и старшеклассников. Все трое получили по году подростковой тюрьмы за то, что полиция повторно нашла у каждого в машине незначительное количество наркотиков. Год, проведённый за решёткой, ничему их не научил, а, наоборот, сплотил и укрепил веру в продуктивность своего прибыльного дела. Оба, Мэл и Рон, из неблагополучных семей: разведённые и пьющие родители. С самого раннего детства они были предоставлены сами себе и улице, где учились жить и выживать. От природы оба были крепкие на кулаки, а иначе на улице выжить трудно. Мозгов бы им, но увы…

Зато у Грэга всегда водились деньги. Вот почему они и дорожили отношением с этим русским, хотя изначально русских они не любили. Ещё им нравилось, что возле Грэга крутились сексапильные девчонки. В карты они играли ещё со времён пребывания в тюрьме. Что дёрнуло Грэга похвастаться яхтой, которая ему не принадлежала, сейчас сказать трудно, но после очередной удачной продажи он вдруг вспомнил, что у его "приятеля" стоит на приколе яхта и можно провести неплохо время. Грэг обещал привести русских девчонок. Но в тот день все, кого он хотел пригласить с собой, были под родительским надзором. Ближе всех оказалась Лиза. На тот период она была его девчонка. Так думала Лиза, согласившаяся составить Грэгу компанию. Тем более он ей очень нравился:

"Ты что, не видишь, у него с Брэдом Питом одно лицо, - говорила она Нике, - пусть он сидел в тюрьме, а мне он нравится."

*****

ГЛАВА ЧЕТВЕРТАЯ

*Н*ечасто, но раз, а может, два раза в месяц, опять же по понедельникам, у Санни в ресторане играли в карты. Играли только свои. На деньги. На серьёзные деньги. Игра начиналась после закрытия ресторана. Все, вплоть до туалетного работника и мойщика посуды, должны были разойтись по домам. Санни сам не играл. Во-первых, потому что не хотел проигрывать. Во-вторых, нервничал, а нервничать Санни не любил. Проводив Грэга, он зашёл в кабинет, поднял телефонную трубку и набрал знакомый номер: "Хелло, Пеппе, ты спишь?"

На другом конце провода не сразу, но ответил строгий мужской голос: "Что так рано, что-то случилось?"

Джузеппе Конти был давним партнёром и напарником Санни. В семье дона его ласково называли "Пеппе". Они вместе с ним сделали не одно дельце, так что звонить друг другу могли в любое время.

"Ещё нет, но у меня к тебе просьба," - Санни провёл ладонью по крепкой шее.

"Ну?"

"Ты не мог бы подстраховать меня и присмотреть за моей яхтой? У меня там гости."

В трубке послышался шорох. Джузеппе спустил ноги на пол и откашлялся:

"Нет проблем, Санни, который час?"

"Два часа десять минут."

"Дай мне час, и я буду на месте."

"Отлично, Пеппе, когда подъедешь, дай знать."

"Имеешь."

Повесив трубку, Санни задумался. Нет, он не думал о Грэге, который никогда не приходил на яхту с парнями. Только с девчонками. Санни хотел вспомнить, когда он сам последний раз приглашал девушек покататься. Подумал, но не вспомнил. Последние пять лет на яхте он был всегда с Пеппе. Потому что было не до женского пола. Санни не был гулякой, но и не упускал шанс, когда представлялась возможность. К женщинам Санни относился особенно. Он очень хотел встретить такую, которую бы любил, а она была бы ему другом. Другом во всём. Как его мама была любимым другом его отца. Однажды у него была встреча с информатором в каком-то музее. Информатор запоздал, но предупредил об этом. И пришлось тогда Санни самостоятельно прогуляться по большим красивым музейным залам. В одном из них смог присоединиться к группе туристов. Тур завершился, группа разошлась, а он остался.

"Вы не опоздаете?" - спросила молодая симпатичная девушка-гид, поправив тонкую оправу на небольшом красивом носике.

"Куда?"

"Ну, на автобус или в гостиницу."

"Я сам по себе," - улыбнулся Санни.

В ту же секунду девушка улыбнулась ему:

"А вы раньше бывали здесь?"

"Нет. Сегодня в первый раз."

"Хотите, я вам покажу зал испанской живописи, у нас как раз выставка последний день. Там картины Гойя, Эль Греко, Веласкеса? У меня есть время."

Санни посмотрел на часы. Что ж, ему до встречи оставался ровно один час: "Буду рад, с удовольствием."

Мишель, так её звали, оказалась удивительным человеком. Добрая, скромная, очень привлекательная и умная. Санни всегда выделял умных людей, в особенности женщин. Может быть, именно такую Санни и искал. Они встречались почти целый год. Мишель хотела серьёзных отношний, но у Санни всякий раз звонил телефон, и он пропадал на неделю, а когда и на месяц. Отвечать на вопросы честно... нельзя. Говорить о своей работе - тоже проблема. И решил Санни не мешать порядочной девушке. Менять свою жизнь, может, он и хотел, но не знал как. От этого ему становилось с каждым днём, с каждым выполненным заданием тоскливей и тоскливей. Санни часто уходил один на яхте, названной в память о младшей сестре Сюзанне, в открытое море и... разговаривал то со звёздами, то с одинокой луной... Санни почувствовал жар в левом плече, потом под лопаткой и закрыл лицо руками... Он увидел лица своих сестёр. Сюзанна даже улыбнулась ему. Он резко встал, понимая, что на яхту ему нужно ехать самому.

Подойдя к барной стойке, перегнувшись, он достал бутылку минеральной воды.

"Санни, ты в порядке?" - спросил один из гостей.

Санни открыл бутылку и приложился прямо из горлышка. Ответил он, когда сделал несколько глотков: "Да-да, Лу, я в порядке, горло промочить захотелось. Хочешь?"

Но Лу был весь в игре и вместо ответа лишь отрицательно покачал коротким бобриком седых волос. Санни обычно усаживался возле бильярдного стола и контролировал время, вертя губами зубочистку. Для начала ставил возле каждого игрока бокал с минеральной водой. Кто хотел покрепче, тот получал бокал белого или красного вина. Спасибо Святой Деве Марии, что сегодня к нему пришли играть всего три человека. Со всеми Санни был очень хорошо знаком. Многое знал о каждом в отдельности, а они знали не меньше о нём. Были дела, когда им приходилось работать вместе. Поэтому, когда Санни надумал отлучиться, у его гостей не возникло даже намёка на подозрения:

"Не переживай, Санни, мы посидим ещё с часик, я здесь всё сам приберу и расставлю, как было, а ключ оставлю в том же месте. Ты знаешь," - сказал Марко, полностью лысый крепкий мужчина в спортивном костюме с маленькими чёрными злыми глазами.

"Мы ему поможем, Санни, - вслед за Марко одновременно сказали Лу и Лео, - иди спать."

"Спасибо," - уже в дверях ответил Санни, одёрнув лёгкую спортивную куртку, под которой оттопыривалась чёрная ручка "Беретты".

Машину Грэга он заметил сразу. Обойдя сзади, Санни распахнул дверь водителя:

"Почему ты здесь? Где твои приятели?"

Испугавшись, Грэг дёрнулся в сторону, но потом, посмотрев на Санни, криво улыбнулся:

"Они на яхте, продолжают играть."

"А ты? А где твоя девчонка?"

"А я..."

Санни не дал ему договорить, у него снова кольнуло в груди. Он выволок молодца за шиворот из машины:

"Идём, щенок, и молись, чтоб там было всё в порядке."

Грэг не сопротивлялся. Он догадывался, что может произойти, но ведь это не так и страшно. Подумаешь, что, в первый раз, что ли. Хотя... они с Лизой ни разу этим и не занимались. Он передёрнул плечами и встал как вкопанный.

"Идём," - подтолкнул его сзади Санни.

Грэг почувствовал упирающийся в спину ствол. Мэл и Рон всегда хотели подставить или наказать этого русского выскочку. Грэг для них был чужаком, и ни при каких вариантах на серьёзное дело они бы с ним не пошли. Не верили. Не доверяли. Он же постоянно был одержим своими идеями ограбления. Неделю назад всю ночь объяснял им, как можно ограбить "cash-check" - это бизнес, где многие меняют свои рабочие чеки на живые деньги:

"Я всё рассчитал, можно подловить кассира, когда тот входит в бизнес и снимает сигнализацию. Вместе с ним войти, взять всё, что найдём, и уйти через дверь заднего хода."

"А камеры? - спросил Мэл. - Ты чего, с головой не дружишь? Там же везде камеры."

"Ерунда, - успокаивал Грэг, - там, где снимается сигнализация, можно камеры все отключить или залепить изолентой."

Предложение перекинуться в карты, а заодно и обсудить один из его криминальных планов, Мэл и Рон приняли абсолютно спокойно. Без всяких комментариев. У них и в голове даже не мерещилось то, что могло произойти. Но про обещанных для них русских девчонок они спросили.

"В следующий раз, - ответил Грэг и посмотрел на Лизу, - ты можешь разложить на стол еду из пакета?"

Они сидели на небольшой кухне, где стоял кухонный кабинет, холодильник и четыре стула. Лиза кивнула, раскрыла пакет, поставила на полку сэндвичи и банки с пивом. Парни расселись на стульях вокруг одного пустого стула, на который Мэл бросил калоду карт: "Сдавай," - кивнул Рону и подмигнул. Лиза встала у раскрытой двери: "Грэг, а где можно отдохнуть?"

Не поворачивая головы, тот ответил: "Как выйдешь, поверни налево, и первая дверь твоя, там есть кровать."

Лиза вышла. Рон выдавил из себя улыбку и стал мешать карты.

"Давно ты с ней?" - спросил Мэл.

"А что?" - Грэг следил за руками Рона.

"Так, ничего, симпатичная."

"Других не держим, сколько ставим за проход?" - Грэг посмотрел на Мэла.

"По пять баксов."

"Ну, - Рон окинул присутствующих, - начали…"

…У Грэга закончились деньги, а цена его долга составила тысячу долларов: "Я отдам завтра."

"Завтра нам не надо. Нам надо сейчас," - Рон с Мэлом переглянулись.

"Хорошо, я привезу."

Рон не поверил, он отвёл Грэга в сторону и вяло показал пальцем на дверь, в которую вышла Лиза:

"Даю тебе час. Не привезёшь деньги, что ж, мы тебе счётчик включать не будем, мы оприходуем твою девчонку. И я в таком случае не смогу ничем ей помочь. Ты же знаешь Мэла. Он очень любит это дело. А тут настоящий десерт - семнадцать лет и русская.»

"Я попробую найти деньги," - ответил Грэг.

Лиза, накрывшись шерстяным пледом, мирно покоилась в широком кресле, стоявшем рядом с кроватью. О своём решении отправиться на поиски денег Грэг ей ничего не сказал. Он догадывался, что может произойти, но зато не надо будет платить, а потому спокойно перебрался в машину, откинул спинку сидения и включил музыку. Деньги искать он и не собирался. Через час, как и договаривались, Мэл и Рон стащили сонную Лизу с кресла и поволокли на кровать. Она попыталась сопротивляться и даже укусила Мэла за руку, но тут же получила сильный удар в голову, от которого она потеряла сознание.

"Сучка, - сплюнул Мэл, - кусаться вздумала, давай, Ронни, вяжи её к кровати…"

Когда Санни подвёл Грэга к двери спального кубрика, то оттуда доносился скрип пружин высокого кроватного матраса.

"Стучи," - Санни толкнул ствол в худую спину Грэга.

Грэг постучал.

"Кто?" - это был голос Мэла, который в свою очередь был очень предусмотрительный и вытащил из-за спины чёрный "Вальтер".

Дунув в отверстие ствола, он громко сказал:

"Продолжай, Ронни, накачай эту русскую как надо, чтоб запомнила."

"Это я, Мэл," - ответил Грэг.

"Принёс?"

Грэг посмотрел на Санни, тот кивнул головой.

"Да, принёс."

"Всю штуку?"

Грэг посмотрел снова на Санни, тот одобрительно кивнул.

"Да, Мэл, тысячу."

В двери щёлкнул замок, и в ту же секунду Санни швырнул Грэга на стоявшего возле двери Мэла. Тот отлетел к противоположной стене, но "Вальтер" из рук не выпустил, более того, отлетев, хотел вскинуть руку для прицела, но Санни эти выходки просчитывал как дважды два и был к этому готов. Раздался выстрел, и Мел с дыркой во лбу стал сползать с кожаного кресла, оставляя на нём кровавый след. Рон в мгновение перекатился с бездыханной Лизы на пол:

"Эй, вы чего! Он нам проиграл её! Это его долг!"

Санни, может, и простил бы второго ублюдка, но от увиденного у него помутнело в голове. Ему показалось, что на кровати лежит его Сюзанна… Лиза лежала поверх зелёного шёлкового покрывала абсолютно голая. Руки её были раскиданы в стороны, как и ноги, и привязаны к спинке кровати какими-то тряпками. Правая часть её лица покраснела и вздулась. Во рту торчал кляп. Её веки слегка дёрнулись. Повернув голову и увидев Грэга, она шевельнулась, издав мучительный стон.

"Прикрой её," - сказал Санни и вновь ткнул Грэга стволом в спину.

Тот сделал лишь шаг вперёд и остановился. На него смотрело чёрное дуло револьвера. Рон, скатившись с кровати на пол, судорожно стал вытаскивать револьвер из своих джинсов. Вытащил. Собрался с силами, чтобы пристрелить русского урода и ещё кого-то, кого не знал. Вскочил и даже направил свою пушку на Грэга, но… неожиданно сам свалился, как подкошенный. Позади Санни раздались один за другим два громких выстрела. Санни оглянулся. В дверях стоял с извиняющейся улыбкой Пеппе:

"Прости, Санни, я, кажется, опоздал."

Лиза провалилась в кошмарную черноту. Санни сам прикрыл её, развязал ей руки и вытащил кляп изо рта, откуда вырвался тяжёлый грудной хрип.

"Пеппе, принеси, пожалуйста, тёплой воды и салфетки. Я бы тебя пристрелил, подонок, - Санни присел на край кожаного кресла, даже не взглянув на побледневшего Грэга, - но на сегодня трупов достаточно, я прав, Пеппе?"

Высокий мужчина в чёрной кожаной куртке всё с той же улыбкой пожал плечами и удалился на кухню. Грэг стоял, опустив голову.

"Где она живёт?" - спросил Санни.

Грэг ответил, назвав только улицу.

"Я сам её приведу в порядок и отвезу домой. Пропади с моих глаз. Попадёшься ещё раз... пеняй на себя. Раздавлю. Вон."

Грэга как волной смыло. Санни промыл Лизе лицо, обтёр полотенцем. Потом подобрал с пола её одежду, нижнее бельё и, протянув, попробовал улыбнуться:

"В этом кувшине тёплая вода, тут вот салфетки. Оденешься, дай знать. Я буду за дверью."

Он спустился на две ступеньки вниз на кухню:

"Я ей помогу, Пеппе, а ты..."

"Понял, Санни. Когда ты вернёшься, всё будет готово."

Санни хотел что-то добавить, но услышал слабый стук в дверь спальни:

"Спасибо, Пеппе," - бросил он через плечо и удалился.

Джузеппе один из тех, кто не подводит и кому не надо много объяснять. В молодые годы он прошёл службу в морской пехоте на юге Италии. Военное ремесло знал досконально. Но что-то произошло. Приехав на неделю в отпуск домой, пошёл со своей девушкой в клуб потанцевать, а вместо танцев получилась приличная драка. Отсидел три года за нанесение тяжких телесных повреждений. Вышел, вернулся домой. Женился. Завёл семью, но с деньгами... с деньгами всегда были перебои. Брат его жены к тому времени жил в Нью-Йорке и работал на дона. Приехав проведать сестру, брат пообщался с Джузеппе. А спустя три месяца прислал деньги на билет. Работы Джузеппе не боялся. Знал, что те, ради которых он встал на этот путь, живут далеко и осудить его не смогут. В паре с Санни он отработал уже около пяти лет и был этому очень рад. Считал Санни своим братом по военной службе, хоть и в разных армиях. Был рад своему напарнику и Санни. Он знал, что Пеппе можно доверять. И знал, что когда он вернётся, то два жмурика будут мастерски завёрнуты в брезент, к ногам каждого будет привязано по два железных блина от штанги. Потом они направят яхту по знакомому маршруту и сбросят трупы там, откуда никто никогда не выплывал.

Санни поднялся в спальню и вернулся уже вместе с девчонкой, которая еле держалась на ногах. Пеппе с досады покачал головой, подумав о своих двух дочурках, оставшихся в далёкой Сицилии. Там другие законы, и там девушки без разрешения отца никуда и шагу не ступят до самой свадьбы. Он видел с палубы, как отъезжала машина того парня. Почему Санни дал ему уйти? Не всё ли равно, два жмурика или три. Пеппе не любил американскую молодёжь, как ему казалось, за безмерную вульгарность. Он искренне вздохнул, когда Санни помогал девчонке усаживаться в джип, потом перекрестился и направился в нижний отсек заниматься уже привычным делом.

Едким дальним светом джип "Чероки" медленно рассекал узкую заасфальтированную ленту дороги, зажатую с двух сторон высокими соснами. Небосклон заволокла чёрная пелена. Так что ни звёзд, ни луны не было видно. Санни оглянулся назад, на его строгом мужском лице появилось что-то вроде улыбки. Лиза, свернувшись в калачик, заснула. Он посмотрел на часы. Через час они будут на месте. Адрес и человека, к кому можно обратиться, он знал. Приходилось пару раз прибегать к неотложной медицинской помощи в домашних условиях. Санни хотел включить радио, но передумал:

"Спи, спи, малышка - глупышка. Всё перемелется, и всё у тебя будет хорошо," - он глубоко вздохнул и стал следить за дорогой.

*****

ГЛАВА ПЯТАЯ

*К*огда её разбудила мама, то сначала она ничего не поняла.

Пока в комнату не влетела Лизкина мама: "Ника, а где Лиза?"

Ника ещё смотрела сон. Сон был цветной про какое-то озеро с белыми лебедями, про разноцветных попугаев, но её разбудили. Она присела на кровать и с трудом разобрала, чего от неё хотят. Потом протёрла руками глаза, посмотрела на взрослых женщин и пожала плечами:

"Я... я не знаю," - еле слышно ответил она.

В школе на следующий день Лизки тоже не было. Тот же вопрос задала учительница. Ника ответила так же: "Не знаю."

Но теперь уже ответила с волнением в голосе. Вспомнила и побледнела... Да-да, Лизка вчера пришла в школу не со школьным портфелем, а с какой-то спортивной сумкой. По спине пробежали мурашки. Она подняла руку:

"Что?" - спросила учительница.

"Можно мне в туалет?"

"Иди."

В туалете Ника сначала подбежала к окну, окинула взглядом заднюю часть школьного здания и забор. Лизка сказала, что там её будет ждать... Грэг и что они должны куда-то с ним поехать... Нику почему-то сильно затошнило. Залетев в ближайшую кабинку, она вырвала. Отдышавшись, подошла к умывальнику и подставила лицо под холодную струю. Стукнула дверь. В туалет кто-то вошёл. Ника вытерла рукой влажный рот, хотела прикрыть кран, но рвота подкатила снова.

"Мфу-у, мфу-у, мфу-у...," - продышалась с полными глазами слёз, после чего повернула на умывальнике вентиль.

"Что, беременная?" - улыбнулась незнакомая девчонка, комкая в руках бумажное полотенце.

"Не-ет," - выдавила из себя Ника.

"Да ладно, не переживай, в первый месяц это у всех. Потом пройдёт, если, конечно, аборт не сделаешь. Я сделала. А ты?"

С полным ртом воды Ника помотала головой и выплюнула.

"Ну, тогда пока, - незнакомка поправила что-то под своей юбкой, посмотрелась в зеркало и повторила, - лучше сделай аборт, а то из школы могут выгнать. Я никому не скажу. Сама через это прошла. Чао."

Девчонка вышла в коридор, а Ника всё ещё стояла с опущенной головой над открытым вновь краном, выплёвывая и смывая с губ горькую слизь.

Вечером она была на парковке возле бассейна. Ни Грэга, ни Лизы, ни той тёмной машины там не было. Зато она встретила ту самую девчонку из школьного туалета:

"Привет, не узнаёшь?" - спросила та.

"Яа-а, - протянула Ника, глядя на короткостриженную симпатичную брюнетку с голубыми глазами, - нет, не узнаю."

"Ты в туалете, помнишь, ну тебе плохо было? А сейчас выглядишь лучше. Не тошнит? Чё, бортанулась?" Брюнетка поправила кожаные чёрные штаны в обтяжку и одёрнула такого же цвета кожаную куртку.

"Что?" - переспросила Ника.

"Ну, аборт, говорю, сделала?"

"Нет," - покраснела Ника.

"Да ладно, замяли тему. Не хочешь говорить, и не надо. Ты чего здесь?"

Она оглянулась на группу молодёжи, стоявшую вокруг одной машины. Кто-то из ребят крикнул в их сторону:

"Эй, Карина, мы уезжаем."

"Иду, - ответила девчонка, - ну, пока, а про аборт правильно, не надо никому говорить. И вобще, ты это..."

"Я ищу Грэга, ты не знаешь, как его можно найти?"

Карина уже было повернулась, чтобы уйти, но, услышав, замерла: "Кого-о, Грэ-эга? Зачем он тебе?"

"Ну-у," - Ника, что-то хотела сказать, но сама не знала что...

"Он редкостное дерьмо, твой Грэг, ты бы, девочка, обходила его стороной."

"Карина! - снова позвал громкий голос. - Хочешь домой пешком идти?"

"Всё - всё, иду, Эрик, иду! Ну, давай, если чего надо, найдёшь меня в школе. Меня Карина зовут. А тебя?"

"Ника."

"Чао, Ника."

"Чао," - тихо ответила она и, развернувшись, направилась домой.

В голове у неё звучала одна фраза "Он редкостное дерьмо".

"Это же надо, Грэг редкостное дерьмо, а Лизка в него влюбилась..."

Лиза появилась в полдень. Мама её была на работе. Тихо, как мышь, она прошуршала домой, закрыла за собой дверь на все замки. Быстро - быстро стала скидывать, а скорее, срывать с себя одежду: помятое платье, лифчик, державшийся на одной лямке, другая была порвана, и окровавленные, уже непонятного цвета трусы и швырнула со злостью всё в мусорное ведро. Волю чувствам дала лишь, когда добралась до ванной комнаты. Открыла душ и, усевшись, поджала к груди согнутые колени. Плакала сначала негромко, но потом... потом дошла до истерики. Поднялась на ноги, глотая слёзы, мылилась и скребла мочалкой, пытаясь сорвать с себя старую кожу и добраться до новой, мылилась и скребла, мылилась и скребла:

"...Мама- ааа-а , мама - ааа-а , маа-мочка - ааа-а..."

Водяные струйки с силой разбивались о дрожащее Лизкино тело, били по хрупким трясущимся плечам, небольшой упругой девичьей груди. Потоками стекали по слипшимся волосам, по симпатичному личику, увлекая вниз рвущиеся из глаз рекой слёзы. Руки в красно-синих подтёках обвисли, как плети. Сил хватило на то, чтобы со злостью помылиться, а потом... потом не было сил ими даже пошевелить. Тянул и разрывался низ живота, а там... внутри, будто кто-то вставил огромную затычку. По внутренней поверхности упругих бёдер стекала слегка подкрашенная жидкость. Лизе же казалось, что это была кровь. Будто вся её жизнь, треснутая и разорванная, выходила из неё, смываемая безмолвным, безразличным потоком, безвозвратно убегающим в ванное отверстие, казавшееся ей ужасным, страшным омутом. Мыльная вода, в которой утопали по щиколотку стройные ноги, пенилась, бурлила и шипела, словно хотела завыть вместе с ней. Она прижалась ладонями к стеклянной перегородке и, продолжая рыдать, медленно сползла вниз. Теперь острые струйки били по её спине… Руки, наконец, ожили, дёрнулись. Лиза подняла голову и закрыла кран. Медленно поднялась. Дрожащими ладонями вытерла лицо, взяла полотенце и вышла из ванны, с трудом переступив через пластиковый борт. Вытираясь, продолжала всхлипывать. Затем накинула халат и поплелась в свою комнату. Втиснула себя под одеяло и долго лежала с открытыми глазами. Она вспоминала мужчину с зубочисткой во рту. И неожиданно появившегося другого высокого темноволосого худого мужчину. И кровь, много крови… Потом её куда-то привезли.

"Не бойся, здесь тебя никто не тронет. Утром я отвезу тебя домой. Меня зовут Санни."

Они спустились в бейсмэнт. Санни поддерживал её за локоть. Там был пожилой врач невысокого роста. Он сделал ей укол, поставил капельницу, и Лиза уснула. Сколько спала, не помнит, но когда проснулась, то через час Санни, как и обещал, отвёз её домой. Вспоминать, что случилось, не хотела. Она перестала всхлипывать, зажмурилась:

"Как он мог? Как мог?"

После паузы добавила:

"Значит, я его совершенно не знала."

Лиза закусила губу и сжала маленькие кулаки. В раскрытых карих глазах застыл холодный взгляд.

"Я тебя ненавижу, Грэг, и ты за это ответишь," - прошипела она, шмыгнула носом, натянула с головой одеяло и жалобно заскулила. Потом легла на бок. Подтянула к животу согнутые в коленях ноги. Сунула под подушку ладони и, уткнувшись носом в одеяло, уснула.

*****

ГЛАВА ШЕСТАЯ

Школьный автобус подъехал к арке жилого комплекса под номером 9926, что по Халдеман авеню. Сегодня был очень удачный день. Подружки сдали проект по химии, над которым трудились всю неделю, и получили отличные оценки. На втором предмете, математике, успешно справились с городским тестом, ну и в заключение, отлично пробежали положенную дистанцию по физкультуре. Оставалось всего два месяца - и прощай, школа. По этому поводу Ника поменяла очки на контактные линзы и была очень собой довольна. Она точно знала, что будет поступать в Дрэксэл на факультет, готовящий менеджеров в области бизнеса, а потом на юридический факультет. Лиза же никак не могла определиться. Хотя однажды намекнула Нике:

"Я начну с медсестры, а потом… в армию или в полицию."

Нику такой ответ сначала удивил, но она решила, что Лиза лучше знает. Лизину историю никто так и не узнал, даже Ника. С мамой у Лизы был серьёзный разговор. Мама, поплакав, простила. Ну, а Лизка не подвела, прежде всего, себя. Она перестала ходить к бассейну, записалась в библиотеку. Полностью пересмотрела свои взгляды на учёбу. Единственное, пожалуй, так это то, что она стала замкнутой, неразговорчивой. Практически не улыбалась. Близко общалась только с Никой. Вернулась в школу каратэ. Тренировалась много и упорно, будто к чему-то себя готовила. Ника чувствовала, что у Лизки есть какая-то тайна, но спрашивать первой не решалась.

"Смотри," - Ника показала рукой в сторону бассейна, где стояла толпа, собравшаяся у одного из двух высоких деревьев.

У самой ограды, на одной из верхних веток и устроился пушистенький котёнок. А чуть пониже, на другой ветке, всем телом к стволу прижался маленький мальчик, испуганными глазами разглядывающий собравшихся зевак. На извилистых корнях валялась небольшая лестница. Подойдя, Лиза сообразила сразу: "Ника, я на дерево, а ты на бассейн. Там многие оставляют надувные матрасы, на которых загорают, тащи, сколько сможешь."

Потом посмотрела на собравшихся: "Ты, ты и ты, - она показала на ребят повыше ростом, - ловите котёнка внизу."

После чего сбросила с себя летнюю куртку и протянула стоящей рядом маленькой девчонке. Ника рванула к бассейну. Толпа расступилась, и Лиза, закатав джинсы, как заправская цирковая гимнастка, приставив к дереву лестницу, взобралась на первую, самую толстую ветку. Затем встала на неё ногами во весь рост и, ухватившись за следующую ветку, осмотрелась. Ника примчалась с двумя матрасами и с какой-то накидкой.

"Отлично, - кивнула одобрительно Лиза и вскинула голову, - держись, малыш, сейчас я до тебя доберусь. Как тебя зовут?"

"Алик," - ответил мальчик, не шелохнувшись, прижавшись взмокшей щекой к ветке.

Восьмилетний Алик играл с котёнком у своих дверей, когда на улицу вышла его семилетняя подружка Катрина и заявила, что её щенок по кличке Чичи прыгнул через окно из её комнаты и побежал в сторону бассейна.

"Пойдём, Алик, а то я одна боюсь," - сказала Катрина и потянула своего друга за рукав.

Алик как джентельмен согласился, не оповестив об этом свою старшую сестру, которая, как всегда, болтала с кем-то по телефону. Котёнка он прихватил с собой. Щенка они нашли быстро, но тот неожиданно громко залаял. Наступил черёд котёнка, который, испугавшись, рванул по стволу росшего рядом дерева. Да так резво, что через считанные секунды был почти на самой верхушке.

"Мы его достанем, - заявила извиняющимся тоном Катрина, - у меня в коридоре есть лестница, на неё если встать, то можно залезть на дерево. Я уже так пробовала."

Алик помог принести лестницу. Подставил к дереву. Да, действительно, теперь можно и забраться на первую толстую ветку. Что он и сделал.

"Держись за ветки и лезь дальше, - командовала Катрина, - давай, Алик, давай."

И докомандовалась... Ника расстелила и сдвинула два надувных матраса.

"Лучше положи их один на другой, когда я его буду спускать, - распорядилась Лиза, - и пусть эти трое вместе с тобой натянут над матрасами это покрывало. Справишься?"

Ника кивнула и принялась создавать под деревом некую геометрическую фигуру. Потом подозвала троих ребят, выбранных Лизой, и задрала голову вверх. Через минуту Лиза была прямо под Аликом.

"Эй, герой, - она могла достать его уже рукой, - ты должен потихоньку сползать по стволу, я буду тебя придерживать. Понял?"

Алик моргнул.

"Давай, - Лиза вытянула руки и дотронулась до его коленок, - медленно, не спеши. Так, ещё раз, так. Молодец. Давай дальше. Стоп."

Мальчик упёрся раздвинутыми ногами в развилку ветки, на которой стояла Лиза.

"Теперь осторожно дай мне руку, да-да, вот эту, и опускай ту же ногу."

Сама Лиза другой рукой держалась за соседнюю ветку. Последовала ещё одна развилка. Потом ещё одна.

"Ну ты и забрался. Помнишь хоть как?" - Лиза посмотрела вниз, откуда ей помахала Ника.

Алик молчал, но уже стоял с ней рядом.

"Теперь не отпускай мою руку, садись на эту ветку, обхвати её руками и прижмись к ней животом. А я на неё сяду."

Говорила Лиза спокойно, и Алик всё делал правильно. На последнем этапе, когда мальчик прижимался всем телом к первой над землёй ветке, Лиза оседлала её рядом с ним.

"Он будет прыгать, а вы ловите," - крикнула она Нике.

Покрывало было натянуто над составленными матрасами.

"Алик, сейчас я возьмусь за твои руки и постараюсь тебя спустить. Будешь прыгать вон на ту горку. Видишь?"

Мальчик снова моргнул.

"Не бойся, спустишь одну ногу, потом вторую. Мои руки не отпускай, пока я тебе не скажу. А потом прыгнешь, - она посмотрела ещё раз вниз, - Ника, он не тяжёлый, натяните покрывало."

Высота небольшая, примерно около двух метров.

"Прыгать будешь на счёт три. Готов? Ника, все готовы? Ну, герой, давай."

Она крепко держала его за маленькие запястья. Повисла в воздухе одна нога Алика, затем д-р-у-г-а-я:

"Раз, - начала Лиза, - два ... три!"

Алик кубарем скатился с мягкой горки и уселся на зелёную траву. К нему сразу же подбежала его маленькая пордружка:

"Алик, зачем ты так высоко забрался?" - спросила Катрина.

На этот раз Алик промолчал. С котёнком было проще. Лиза быстро забралась наверх, оторвала четвероного малыша от ветки и положила за пазуху. Коготки у котёнка не были острыми, он шевелился у неё между животом и футболкой, пока Лиза спускалась к последней толстой ветке.

"Ника, когда котёнок упадёт, хватай его. Может убежать."

Через минуту маленький Алик нёс в руках своего пушистого малыша, а рядом с ним вышагивала гордая за своего друга Катрина, держа на руках белого пуделя.

"Ну, по домам," - улыбнулась Лиза.

"Ага, по домам. А ты про полицию серьёзно?"

"Про какую полицию?"

"Ну, что хочешь там работать?"

"Не знаю. Но думаю."

"Я бы, Лизка, так по дереву не смогла. У тебя джинсы испачкались."

"Где?"

"Сзади. Только не отряхивай рукой, а то грязь останется."

"Ладно, разберусь."

"Может, вечером прогуляемся?" - почему-то спросила Ника.

Лиза, сощурив глаза, посмотрела на подругу:

"Прогуляемся? А куда?"

"Ну, я вообще. Воздухом подышим."

Ника никогда не предлагала сама куда-нибудь пойти. Обычно это была Лизина инициатива, которая, улыбнувшись, ответила: "Хорошо, я позвоню тебе после семи. Идёт?"

"Отлично, я жду."

*****

ГЛАВА СЕДЬМАЯ

Днём светило весеннее солнышко, а вечера ещё были прохладными. Ника оглянулась на здание, в центре небольшого мола, где продавали кофе и сладкие пышки и булочки.

"Хочешь кофе?" - она поправила молнию на спортивной куртке.

"Не-а, хороший вечер, - Лиза глубоко вздохнула, - лучше погуляем. О чём ты договорилась с миссис Шнайдер?"

"Она сказала, что в колледж мы поедем послезавтра к десяти утра."

"Что-то нужно с собой брать?"

"Об этом она скажет завтра."

Они миновали супермаркет и спускались по мосту. Лиза поведала о мамином новом ухажёре и о том, что у них дома дружба и очень тёплые и доверительные отношения:

"Если она даже переедет к нему, то я закончу колледж и уеду, - она посмотрела куда-то вдаль, - но скучать буду. По тебе."

Ника остановилась, взяла Лизу за руки, притянула к себе: "А может, ты не уедешь. Живи у меня. Нам с тобой места хватит. А с мамой я договорюсь."

Лиза опустила голову на Никино плечо, уткнулась носом, держась из последних сил, чтобы не зареветь:

"Спасибо, Ника. Спасибо, что ты у меня есть."

Ника махнула рукой:

"Мы же ещё не расстаемся. А что он делает?"

"Кто?"

"Ну, этот, новый мамин ухажёр?"

"У него своя автомастерская. Сюда он переехал из Нью-Йорка. Нормальный. Мне он нравится. Не пижон, и к маме хорошо относится."

"А как хорошо?"

Они повернули на свою улицу. Лиза шла, продолжая смотреть под ноги: "Ну, хорошо. Помогает деньгами, подарки дарит, цветы приносит."

"Цветы?" - Ника улыбнулась.

"Ага, каждую субботу букет сиреневых роз. Мамин любимый цвет..."

В этот момент мимо них пронеслись две полицейские машины без сирен, с включёнными синими и красными мигалками и завернули в их двор. Девчонки посмотрели друг на дружку и, не сговариваясь, ускорили шаг. Полицейские машины стояли под углом, загородив выезд двух машин, что стояли возле бассейна с настежь раскрытыми дверьми. У дверей этих машин сновали три полисмена с фонариками, верней, два и одна женщина-полицейский или полицейская. Трое молодых ребят с руками, лежащими на капоте, и ногами, расставленными на ширину плеч, показывали всем свои спины.

"Я туда не пойду," - остановилась Лиза.

"Ну, а мне и подавно не надо, пошли лучше..."

Она не успела договорить.

"Эй, Ника" - кто-то позвал её тихим голосом.

"Карина?" Ника оглянулась на каменную колонну ворот.

"Да, это я. Привет, Лиза"

"Привет, а ты чего здесь?"

Не останавливаясь и не обращая внимания на Лизкин вопрос, Карина подошла вплотную:

"Мне надо смыться отсюда, но я не могу. Вы случайно машину не водите? Мне бы домой попасть."

Подружки отрицательно замотали головами.

"Хотя, - Ника посмотрела в сторону бассейна, - пошли ко мне. Я тебя с родителями познакомлю."

"Зачем?"

"А чтоб потом мой папа тебя домой отвёз."

Лиза в разговоре не участвовала. Она подозрительно смотрела на Карину, будто понимала всё случившееся. Но ни о чём не спрашивала. Просто смотрела. Потом дёрнула Нику за локоть:

"Я, пойду. Мама с работы сегодня раньше возвращается."

Ника пожала плечами: "Хорошо, но если надумаешь..."

"Да-да, я тебе позвоню."

"Договорились, " - ответила Ника и повернулась к Карине.

Две тени пошли направо, одна, слегка сгорбившись, налево. Познакомившись с родителями, Карина прошла за Никой в её комнату.

"Хочешь чего - нибудь согреться?"

"В смысле выпить, что ли?" - хмыкнула гостья.

Ника покраснела:

"Выпить, в смысле чай или кофе. А ты что подумала?"

"Ладно - ладно, я пошутила. А ты, оказывается, с Лизой рядом живёшь."

"Да, а что?"

"Ничего, просто спросила. Если можно, то кофе без молока."

"Нет проблем. Карина, ты мне расскажешь, что произошло? Но если не хочешь, я не обижусь, - она высунулась из своей комнаты, - мамуля, можно нам кофе без молока."

Карина сидела в кожаном кресле у письменного стола:

"Рассказывать-то нечего. Жалко Эрика, хотя сегодня он смог удрать через изгородь, но его найдут. Парень, которого взяли, скрывать не умеет."

Карина глубоко вздохнула:

"Сегодня он удрал, но когда-нибудь не успеет. Для него перемахнуть через ваш забор труда не составит. И живёт он здесь недалеко, - нахмурив брови, она посмотрела Нике в глаза, - а зачем ты его искала?"

"Кого?"

"Ну Грэга и потом Лизу? Она же здесь рядом…"

"Надо было, - отрезала Ника, - а что, твой Эрик - наркоман?"

Карина отвела глаза:

"Балуется, но когда-нибудь доиграется."

"А ты?"

"Я?"

"Да, ты. Ты тоже балуешься?"

"Хм-м, - безраличное лицо Карины дернулось правым уголком губ, - редко, и то только марихуанку. Без передачи, конечно, договорились?"

Ника не ответила, а Карина переменила тему:

"Куда собираешься поступать?" - спросила она, разглядывая полки, заставленные книгами.

"Сначала в Дрэксел, а потом на юридический, а ты?"

Карина улыбнулась.

"А я не знаю. Хочу удачно выйти замуж, - она встала, подошла к окну и отодвинула лёгкую штору, - у тебя нет случайно знакомого миллионера?"

"Миллионера?…"

Тут вошёл папа. Провожать её Ника не поехала, но запомнила одну фразу, сказанную Кариной насчет Грэга: "Этот чёрт опять выкрутится, а ребята из-за него окажутся в тюрьме..."

Корпуса автосалонов "Хонда" и "Мицубисси", освещённые придорожными фонарями, бросали свет на стоявшие аккуратными рядами новые машины. День поглотили сумерки, сумерки поглотил вечер, а за ним чёрный - пречёрный небосклон навис на городом …

*****

ГЛАВА ВОСЬМАЯ

𝓑сю ночь шёл мелкий осенний дождь и задувал холодный, порывистый ветер. Мириады прозрачных капель почти бесшумно расстилались по деревянной прибрежной мостовой. Многочисленные казино, несмотря на ненастье, продолжали светиться разноцветием неоновых реклам, завлекая всё новых и новых гостей в призрачный мир побед и поражений. По тёмной комнате разливался острый запах океана, а колыхание тонкой занавески у раскрытой боковой оконной створки смешивалось с шуршанием невысоких волн, набегающих на мелкую гальку и песчаный берег. Ника, натянув до подбородка шерстяное одеяло, лежала с широко открытыми глазами.

Приливы и отливы волн роднились с неспокойными переливами в её слегка подрагивающем теле - то вверх, то вниз, то в жар, то в холод. И она понимала от чего. В соседней комнате спал Алекс. Они вместе учились на одном факультете. Он был старше её на пять лет. Успел отслужить в военно-воздушных войсках в Ираке. Был ранен, но выжил и вернулся домой. В будни их вместе можно было застать в библиотеке, а по субботам они ходили в кино, после чего мороженое и по домам. Алекс оказался очень выдержанным молодым человеком и ничего дурного не предлагал. Хотя она чувствовала, что их встречи становятся всё теплее и теплее. По субботам его белая "Максима" подъезжала в пять вечера к её дому, а ровно в полночь он привозил Нику обратно. У неё была "Мицубиси", четырёхдверная, цвета кофе с молоком. Подарок родителей. Ника представила Алекса своим родителям. Мама сразу же отметила, что он симпатичный и воспитанный, а папе достаточно было узнать о его военной службе:

"Такой не подведёт. Хороший парень. Надёжный."

….Заканчивалась первая Никина взрослая осень. Они стояли возле её подъезда. Алекс предложил вместе отпраздновать День Благодарения. И где? На берегу океана, в Атлантик Сити, там его родители приобрели квартиру в многоэтажном доме. Ника предложение приняла, но всё же волновалась. Алекс это сразу понял: "Погода классная, видимо, зима будет поздней. Так что подышим воздухом, прогуляемся вдоль океана. А захочешь, можно и в казино заглянуть."

"Я казино... Я не люблю играть," - промолвила Ника.

"Ну тогда сходим на шоу или какой-нибудь концерт. В казино очень часто бывают хорошие шоу и концерты. Времени у нас с четверга по..."

"Я в воскресенье днём должна быть дома, - перебила она, - и вообще, мы же с тобой друзья."

"Друзья," - повторил за ней Алекс.

Ника немного смутилась, поняв, что незаслуженно говорит в таком тоне:

"Извини, просто... извини. Атлантик Сити - это здорово. Я там, если честно, один раз была, да и то на соревнованиях."

"На соревнованиях? На каких?"

"Мне было тогда одиннадцать или двенадцать лет. Я занималась каратэ."

"Ты, каратэ? Где?"

"У нас в районе открылась школа с тренером из России, мы его все звали сэнсей. Клуб каратэ "Олимпик".

"Конечно, знаю, мой младший брат там тоже тренировался. Только, наверное, в разное с тобой время."

Ника смотрела на Алекса, чувствуя, как какая-то тёплая волна захлестывает всё её тело. Она даже не слышала, о чём он говорил, лишь смотрела в его спокойные карие глаза и... Неожиданно для себя она сделала шаг вперёд, приподнялась на носки и, зажмурившись..., поцеловала его в губы.

"Я согласна, - прошептала Ника, - согласна. Больше ничего не говори."

Развернувшись, она распахнула двери и вбежала по крутой лестнице на второй этаж. Они договорились, что она будет спать в отдельной комнате. Чтобы не случилось, но...
Случилось... случилось... случилось...

Рассвет ещё не наступил. Дождь прекратился, а ветер усилился, от чего занавеска вздулась, словно парус на корвете флибустьеров. Прохладный воздух с океана щекотал ноздри. Ника поёжилась, машинально скрестила руки на груди и обхватила плечи. На ней была надета только футболка. Так

Ника пролежала минут пять. Согрелась. Руки медленно, слегка подрагивающими пальцами, поползли вниз. Чиркнули по чувствительным соскам, остановились на животе, в котором что-то ощущалось, но она не могла объяснить, что это. И почему внутри тянуло, но не больно. Затем руки опустились в самый низ и... дрогнули коленки. Ника, сомкнув бёдра, повернулась к окну, сквозь которое продолжало маячить безграничное тёмное небо, но уже в серых разводах, подкрашенное снизу огненными нитями восходящей зари. Она хмыкнула, хотела сказать, что ей хорошо, нет, что ей необычайно хорошо, но не сказала, а лишь подумала и, повернувшись на другой бок, свернулась калачиком. Теперь на неё смотрел чёрный проём соседней комнаты, из которой доносилось спокойное дыхание Алекса. Её первого мужчины...

Оставалось два дня до Нового года, а снег всё ещё не соизволил появиться. Такое в Филадельфии часто бывает в декабре. Словно наверху что-то перепутали, тогда Новый год начнётся без снежков. И только вчера под вечер задул холодный пронизывающий ветер. Потом порывы холодного воздуха замерли, и в наступившей тишине запахло первым морозцем. Ночью на землю повалил тихий снег. Правда, поначалу снежинки быстро таяли. Их лёгкий бесшумный вальс весело кружил в тусклом свете придорожных фонарей. Потом белых хлопьев стало больше. А утром можно было смело сказать, что зима пришла. Ника стояла у балконного окна, осматривая пушистый белый ковёр, покрывший всё вокруг. Она загадочно улыбалась. Может, солнышку, оранжевым блином повисшему на бело-сером небосводе. А может, чему-то другому, потому как на душе у неё была весна.

Новогоднюю ночь они с Алексом решили провести вместе. На балконные перила приземлились две птички. Коричневая окраска, в чёрных пятнах, явно выделяла их на всём белом. Вот одна взмахнула крыльями, оголив красные бока, перескочила на деревянный корпус панели для цветов. Вторая последовала её примеру. Птички весело перекликались, совали маленькие носики в пушистый снег, даже пытались нырнуть в него. Потом, спохватившись, отчаянно отряхивались, но не улетали. На балконе им, наверное, было уютно. Во двор уже повыскакивали с разных сторон дети и с громким смехом принялись скатывать снег в большие шары. Под деревьями заулыбались первые снеговики. Рядом с одним из деревьев она увидела маленького Алика и его неизменную подружку. Алик отряхивал с куртки снег и показывал Катрине рукой на дерево. Ника улыбнулась:

"Ну уж нет, на дерево он больше не полезет."

Она не успела закончить свою мысль, как зазвонил телефон. Это была Лиза.

"Я к тебе сейчас зайду. Хорошо?"

"Конечно," - обрадовалась Ника.

Когда Ника спросила у Лизы, что та собирается делать в новогоднюю ночь, то ответа не получила. Лиза лишь коротко бросила:

"Не знаю. А ты?"

Ника сначала покраснела, но потом призналась:

"Меня Алекс пригласил в гости."

"Куда?"

"К нему домой

"К нему домой?

"Ага. Ты считаешь, что не стоит?"

Лиза, скрывая улыбку, решила поддержать подругу:

"Почему не стоит. Стоит, Ника. Алекс отличный парень."

"Спасибо."

Лиза обняла её:

"Ты молодец, Ника. Ты даже не знаешь, какая ты молодец."

"Почему?"

"Потому, что ты правильная, вот почему. Ну, я побегу. Мне ещё нужно успеть суп сварить, пока мама на работе."

"И всё?"

"Что всё?"

"Ты заскочила ко мне, чтобы сказать, что тебе нужно для мамы суп варить?"

Лиза отвела глаза в сторону:

"Не знаю. Хотя… нет, нет. Потом."

Нике стало как-то не по себе, но больше она ни о чём не спрашивала. Сдержалась. Потом, значит потом. Разговор на этом тогда и завершился. Лиза поспешила домой. Ника же, закрыв за ней дверь, с тревогой подошла к широкому балконному окну. Солнышко пожелтело, посветлело небо. Детей на улице стало больше. Вдоль корпусов на тропинках, возле деревьев и вокруг клумб, засыпанных белым, хрустящим снегом, пестрели разноцветные лыжные шапки, шарфы и куртки. Ника вспомнила птичек, посмотрела на балконные перила и... отпрянула. Испугалась. На том месте, где недавно ворковали птички, сидела… чёрная ворона. Ворона по-хозяйски оглядела балкон, бросила взгляд жестких колючих глаз на балконную дверь, стряхнула с перьев налипший снег, громко каркнула и улетела.

"Что... это?" - прошептала Ника, почувствовав, как вдруг сильно забилось сердце.

Она прошла на кухню и включила электрический чайник. Присев на кожаный диван, медленно пила чай. Молча всматривалась в пахучую жидкость. Изредка посматривала в сторону балкона. В приметы Ника не верила. На следующий день рассказала Лизе.

"Почему же испугалась?" - спросила подруга.

Ника в ответ пожала плечами:

"Не знаю. Мне показалось, что…"

Она замолчала и съёжилась.

Лиза перехватила её взгляд:

"Эй, ты чего? Это же только ворона."

"А... что?" Ника попыталась улыбнуться. Не получилось.

Лиза махнула рукой:

"Давай собирайся, поедем по магазинам, помнишь - Франклин Миллс, там сегодня большая распродажа."

"Ворона, ворона... всего лишь ворона," - пошевелила губами Ника.

Лиза дунула ей в лицо и провела ладонью перед глазами:

"Проснись, одевайся, я тебя жду."

"Куда?"

"Поедем подарки покупать. Выберешь Алексу что-нибудь."

"Алексу?"

"Ну ты даёшь, Ника."

Лиза обняла её как старшая сестра:

"Всё-всё, забудь про ворону. Пошли собираться."

Ехали на Лизиной серой «Тойоте». Лиза решила до магазинов не мешать подруге и дать той самой справиться с непонятным настроением. Ника по-прежнему молчала. Перед тем как раскрыть двери магазина, Лиза остановилась:

"Ну, как тебе, лучше?"

"Да-да, спасибо. Я в порядке."

"Знаешь, что будешь покупать Алексу?"

"Думаю, да. Пошли, а то холодновато."

*****

ГЛАВА ДЕВЯТАЯ

*П*осле обильного снегопада выглянуло солнышко, растопив белый пушистый зимний привет, очистив дороги и тротуары. Крыши и балконы облепили сосульки, с которых падали прозрачные холодные капли. Лиза сидела в своей комнате в велюровом кресле, подобрав под себя ноги, медленно потягивая горячий кофе. Предпоследний день уходящего года. Сегодня вечером у подруг намечался девичник, а с утра Лиза должна была написать тесты по математике и по английскому. Лиза начала с колледжа в Бакс Каунти, который все студенты называли просто "Бакс". Для начала решила получить диплом медсестры, по крайней мере, легче найти работу, а потом идти дальше. Перевестись в ПэнСтэйт колледж и уехать подальше от этих мест. Жить в студенческом городке, там же и работать.

В "Баксе" училось много ребят из их школы. В просторном коридоре она встретилась с Кариной: "Привет."

"А, Лизка, ну, привет. Как ты?"

"В порядке. А ты?"

"Тоже ничего. Говорят, Грэга опять арестовали. Ты давно его не видела?"

"Кого?"

"Кого, кого, Грэга?"

“Давно,” - оборвала Лиза.

“Ну и правильно. Удивляюсь я этой полиции.”

Лиза сделала вид, что ей совсем не интересно об этом слушать и собиралась уже идти дальше, если бы Карина не продолжила:

“Слушай, какой-то русский вчера вечером попал в сильную аварию, на 413-ой. Ты не слышала? Какой-то Алекс, по-моему, он живёт в...”

“Кто? - у Лизы почему-то сжалось всё внутри. - Как ты сказала, его зовут?”

“Я точно не знаю, фамилию не помню. По новостям сегодня с утра показывали. Помню, что его зовут Алекс.”

“Ты ничего не перепутала? Где он живёт?”

“Сказали, в Ньютауне. А что? Ты его знаешь?”

“Пошли на тест,” - с тревогой в голосе сказала Лиза.

“Пошли,” - Карина посмотрела по пути в маленькое зеркальце и вернула его в боковой карман своей сумки.

Домой Лиза ехала осторожно и, крепко держа руль двумя руками, почти без остановки повторяла:

“Господи, только бы не он. Господи, только не он...”

Их машины нос к носу встретились на парковке. По бледному лицу Ники она поняла, что имя Карина запомнила правильно:

“Это он?”

Та моргнула заплаканными глазами.

“Ты в госпиталь? В какой?”

"В Джефферсон."

"Хочешь, я с тобой?"

Ника молча кивнула.

Через три недели Алекса сняли почти со всех аппаратов, но мониторы и две капельницы остались. Пускали к нему только родных, ну и Нику. Он ночью возвращался из Нью-Йорка. Был на дне рождения товарища по армейской службе. Был абсолютно трезвым. Его машину занесло на повороте по первому снегу. "Максима" Алекса сначала врезалась в высокий бордюр, а потом её отбросило на центральную полосу, где его зацепила проходящая легковушка, водитель которой также пострадал, но больше его машина.

"Должно произойти чудо, - заявил лечащий доктор, - есть опасения, что он может остаться прикованным к коляске. Повреждён позвоночник."

"Вы сказали, что должно произойти чудо, значит, есть надежда?" - спросила, сдерживая слёзы, мама.

"Надежда должна быть всегда и во всём. Одно могу сказать точно, ему нужен другой климат. Южный и где море. Лучше, если вы можете переехать в другой штат."

"В какой?"

"Ну, в Калифорнию, например."

"Да, конечно, мы постараемся. Там мой родной брат живёт."

"Вот и отлично. Тогда можно ждать и чуда. А что касается лечения здесь, то мы будем делать всё возможное и невозможное. Он у вас парень молодой, крепкий."

Ника всё слышала. Не зная, радоваться ей или...

Они стояли на парковке своих машин рядом с корпусом, где жила Ника.

"Чего ты куксишься, - успокаивала её Лиза, - если любишь, то терпи. Пусть он восстанавливается, а ты пока учись. Ты думаешь, что он в той Калифорнии по девочкам бегать будет?"

Ника, смахивая слезу, соглашалась:

"Спасибо тебе, Лиза."

"Да ладно."

"Я вправду, ты для меня как сестра. Мы же с тобой с самого детства…"

"Вместе, - завершила за неё Лиза, - всё, давай по домам. У меня завтра трудный тест."

"Удачи тебе, Лиза."

"И тебе, невеста."

Ника не ответила, но покраснела и улыбнулась уже совсем другой, тёплой улыбкой. Она смотрела вслед уходящей подруге, с которой она чувствовала себя значительно увереннее и спокойней. Повернув к дому, Ника остановилась. Ей вдруг вспомнилась новогодняя ночь. Они следили за экраном телевизора с поднятыми бокалами шампанского и ждали, пока многочисленная толпа на Таймс Сквере закончит отсчёт последних секунд уходящего года.

Первой сказала Ника: "Я желаю, - начала она, - чтобы в новом году все родные и близкие были живы и здоровы. И чтобы Алекс поскорее поправился."

"А я желаю, чтобы моя мама была счастлива и, конечно, папа, - Лиза вдруг изменилась в лице, но Ника сделала вид, что не заметила, - и ещё, - тихо продолжила Лиза, - я хочу... убить... Грэга..."

"... Пять! - гремел телевизор, -...четыре!...три!...два!...один! ..."

"С Новым Годом тебя, Ника!"

"С Новым годом тебя, Лиза!"

*****

ГЛАВА ДЕСЯТАЯ

Джессика Морлоу росла без отца с десяти лет. Её отец был пожарником и погиб при исполнении своего долга. Мать - парикмахер. Работала в салоне причёсок. Зарабатывала когда хорошо, когда - не очень. Гибель мужа переживала чуть больше года, а потом стала искать своё женское счастье. И нашла. Отчим служил в военизированной охране военной базы. Но помимо вообще женщин, стал недвусмысленно заглядываться на уже зрелую не по годам Джессику. Сначала мама не придавала этому значения, но потом всё же заметила. Скандал не поднимала, а переселила дочку к своей матери. Случайно или нет, зашёл он к тёще, когда той не было дома, и, если бы не прыть и откуда-то взявшаяся сила, Джессике пришлось бы несладко. Напал отчим на кухне. Джессика не растерялась и огрела неродного папулю сковородкой по голове, да так, что тот потерял сознание, и убежала к маме. Сковородка оказалась тяжёлой. Отчим попал в госпиталь, потом его упрятали на пять лет за решётку, а мама вновь принялась искать своё счастье.

Воспитанием подрастающей Джессики хотела заняться бабушка, но у внучки началась своя самостоятельная жизнь, в которой она была легко узнаваема по своим ярким рыжим волосам и сверкающим, как у голодной рыси, зелёным глазам. Сочетание красивое, потому и заметное. Джессика бросила школу в двенадцатом классе. Уличные друзья, первые сигаретки и что-то покрепче. Пару раз, правда, за компанию попадала в полицию. Мама, наконец, поняла, что может потерять дочь. Она взяла её работать в салон вместе с собой. Продержалась дочь недолго. Поменяла дружка и укатила с новым другом в неизвестном направлении. Нашли Джессику на другом берегу Америки и то только через полицию. Джессика хотела больше свободы. Курносая, с редкими веснушками, длинными ногами, словом, огненная зеленоокая пантера.

Про душевные отношения она забыла ещё в школе, где у неё была самая настоящая первая любовь. Она влюбилась в лучшего игрока школьной футбольной команды. Потеряла с ним свою девственность, но после окончания школы её возлюбленный получил приглашение в Питтсбургский университет. Для Джессики это был страшный удар. Прошло время. Джессика похорошела. Стала более уверенной и разборчивой. Но с улицей не рассталась. С Грэгом познакомилась на субботних танцах, в баре-ресторане "Фишерс", что недалеко от её дома. Она тоже нашла в нём сходство с Брэдом Питтом и после первой же ночи потеряла голову, окончательно забыв своего далёкого футболиста. Все вечера она разъезжала с ним по каким-то вечеринкам, где тот что-то продавал, а по ночам встречался с очень непонятной публикой в районах, где белыми людьми совсем и не пахло. О наркотиках узнала спокойно, без истерик. Стала помогать продавать. И её совершенно не волновало, кому она продаёт. Ездила с Грэгом по всем местам-остановкам. Таких остановок у Грэга было иногда четыре, иногда пять. Две по Нордисту, одна на Франкфурте, одна в Бакс Каунти и одна в Лонгхорне. Он отдавал товар "продавцам" на реализацию.

Если что-то шло не так или пахло палёным, Грэг находил лазейку. Будучи всегда условно осуждённым, нарушал режим: не отмечался у своего ведущего офицера полиции, за что его сразу же отправляли в тюрьму. И у него появлялось алиби. Джессика устраивала Грэга практически во всём. Она не задавала лишних вопросов, всегда, когда надо, была рядом, а главное, беспрекословно выполняла все его просьбы. В постели он называл её рыжей бестией. Ей это нравилось. О беременности она совершенно не думала, а потому не предохранялась. Хотя однажды он её предупредил:

"Залетишь - твои проблемы. Детей мне не надо. Запомни! И хорошо запомни!"

Длинноволосую Лизу приметила с первой встречи и поняла, что это соперница серьёзная. С русскими она не водилась и слышала про них всякие небылицы: одна страшней другой. Подумав про себя, что с этой русской судьба её обязательно сведёт, успокоилась и решила эту тему закрыть. Тем более, через неделю Грэг неожиданно угодил за решётку на целый год.

На прошлой неделе Джессика была у него. Когда встреча шла к концу, Грэг почёсывал пальцы - это был условный знак: "Пять

- пять, один - два, её зовут Лиза, сделай всё и потом отдай ей пять - ноль - ноль. Он отпрянул от стекла и добавил, - помнишь дом с бассейном, мы с тобой последний раз там были."

Джессика кивнула. На следующий день она позвонила. Телефонный номер составить было нетрудно. Место с бассейном: улица Халдеман, там почти все номера начинаются на 673, а дальше 55 и 12: "Я от Грэга, ему нужна сумка."

Они встретились у дерева возле бассейна, куда Лиза обычно и приносила для Грэга спортивные сумки.

"Она не при чём," - подумала Лиза, подходя к Джессике, - новая подружка - помощница, жаль её. Он всё равно сволочь. И рано или поздно её подставит."

"Когда всё отдам, получишь свой процент," - сказала Джессика

"Можешь не волноваться, мне от него ничего не надо," - ответила Лиза, спокойно посмотрев на рыжеволосую девчонку.

Зелёные глаза Джессики даже не моргнули, она сделала вывод, что теперь Грэг только её, но насторожилась, наверное, эта девчонка что-то знает: "Мне всё равно, Грэга пока нет, но он просил. Всё отдам, позвоню."

Лиза ухмыльнулась: "Ну-ну, только не надорвись."

"Не надорвусь"

Джессика резко развернулась и направилась к чёрному "Мустангу".

Прошла неделя. Была пятница. Лиза помнила, что сегодня после восьми вечера у бассейна будет сбор, на котором может появиться эта рыжая. Почему нет Грэга, догадалась - опять проблемы с законом. Она подняла телефонную трубку и набрала знакомый номер:

"Привет, Ника, что делаешь, читаешь?"

"Ну да, вроде того, а что?" - переспросила та.

"Не хочешь прогуляться вокруг дома?"

"Давай, почему бы нет."

Когда подружки встретились, время подходило к восьми, Лиза спросила:

"Ника, мы можем не пешком, а на твоей машине?"

"Конечно, а куда надо ехать?"

"А никуда, проедем по кругу, как ходим пешком."

"Лиз, а можно без шпионских штучек?"

"Пошли, в машине объясню."

Выехав на центральную улицу, Ника показала головой на противоположную сторону, где обычно продавали воду и мороженое: "Может, мороженое?"

"А который час?"

"Семь часов двадцать минут. Опаздываем?" - Ника ещё раз посмотрела на циферблат.

"Нн-ет," - медленно вымолвила Лиза, смотря прямо перед собой слегка прищуренными глазами.

Потом резко вскинула голову, словно выбросив какие-то мысли: "Ладно, не опаздываем. Как Алекс, пишет?"

"И звонит, - улыбнулась Ника, - я хочу навестить его. Приехать сюрпризом."

"Без предупреждения?"

"Нн-у да, а что?"

"Нет, лучше не так."

"А как?"

"Алекс парень с характером, жаловаться не будет. Человек на войне был. Ты что, Ника. То, что он пишет и говорит по телефону о своей поправке, может, совсем и не так. Ты понимаешь?"

Ника приуныла: "Ага, Лизка, я как-то и не подумала. Действительно, а я ему ещё рубашку дорогую купила и звонила насчёт билетов в аэропорт …"

"Красный свет, тормози!"

Ника резко нажала на педаль тормоза:

"Фу-у, извини."

"Ладно, бывает."

"Ну что, по мороженому?" - Ника решила разрядить обстановку.

"Нет, давай сначала на наш паркинг, а потом и по мороженому," - задумалась вновь Лиза.

После небольшой паузы Ника спросила: "Лиза, ты… тебя что-то мучает? Нет, если не хочешь, то не..."

"Хорошо, расскажу"

Лиза рассказала только о том, чем занимается Грэг, о его новой подружке и о том, что та должна делать в восемь часов у них возле бассейна.

"Так, может, позвонить в полицию?" - предложила Ника.

Лиза промолчала.

"Лиза, - повторила Ника, - ты слышишь, может..."

"Нет, - качнула та головой, - в полицию нельзя. Тогда у меня будут проблемы."

"Проблемы? Почему?"

Лиза не ответила. Остановившись у самого начала парковки, Ника приспустила своё стекло и выключила двигатель, но ключ не вытащила, оставила, чтобы слушать музыку:

"Что теперь?"

"Сидим и ждём."

Лиза посмотрела в сторону въезда:

"Тихо, вроде его машина."

Ника повернула голову, но перед этим заметила, что Лиза сползла с кресла вниз. Чёрный "Мустанг" медленно проехал мимо них. За рулём был какой-то волосатый парень, а рядом, видимо, та, о которой и рассказала Лиза.

"Проехали?" - донеслось до Ники.

"Ага, уже остановились возле бассейна. Какая-то рыжая девчонка, а за рулём не знаю. Какой-то волосатый."

"И кому продают сволочи, детям," - Лиза стала внимательно всматриваться в знакомую ей сторону.

Минут через десять подъехала ещё одна машина. Ника смотрела туда же, но слушала молча. Пока к машине Грэга никто не подходил и из неё никто не выходил.

"А что, - спросила Ника, - все знают, что там продают наркотики и молчат, а где же полиция?"

"Не знаю. Может, полиция тоже про всё знает. Может, полиции платят?"

"Ты с ума сошла. Полиция помогает преступникам?"

"Не знаю. Захотели бы прикрыть, прикрыли бы в два счёта. Значит, не хотят."

"Кто?"

"Тихо, вон собирается народ. Узнаёшь?"

"Кого?" Ника смотрела через Лизино плечо.

"Ну, вон та девчонка в джинсовом костюме и светлой бейсбольной кепке. Ты её знаешь?"

"Да, это сестра маленького Алика, которого ты с дерева снимала, - ответила Ника, - интересно, где она достаёт деньги?"

"Экономит на школьных завтраках, а то непонятно."

"Ей же всего четырнадцать лет. Слушай, Лиз, может, поймаем её и поговорим?"

Лиза закачала головой: "Кто тебя слушать будет? Я её уже видела у бассейна. Значит, не в первый раз."

Ника не ответила. Они продолжали всматриваться в растущую толпу. Вот из машины вышла рыжая стройная девчонка, с кем-то обнялась, потом наклонилась к открытому окну машины, на которой приехала. Зажала что-то в руках и отошла к дереву. Сестра Алика последовала за ней.

"Покупает, ты права, Лиза," - тяжело вздохнула Ника.

В течение десяти минут к рыжей подошло ещё человек семь. Наконец, та отошла от дерева и села в машину. А ещё через пять минут чёрный "Мустанг" медленно покатил к выезду. Но сбор продолжался. Слышались громкие голоса и смех. Потом кто-то включил магнитофон. В тёмное апрельское небо полетели слова популярных рэповских шлягеров в исполнении афро-американских музыкальных групп.

"Поехали на другую точку, - выдохнула Лиза, - всё, подруга, вечерняя прогулка закончена."

"По домам?"

"По домам, Ника."

Поставив машину на парковку, они вышли. Шли молча, глядя под ноги. Ника посмотрела на Лизу, но спрашивать больше не решалась. На том подружки расстались…

"…в Бакс Каунти, после воскресной дружеской вечеринки скончалась девочка, ученица десятого класса. Передозировка наркотиков. В целях ведения следствия имя и фамилия погибшей не разглашается. Ведётся расследование."

В понедельник, возвращаясь после колледжа, Ника увидела маленького Алика, рядом с которым стояла всхлипывающая Катрина и гладила своего дружка по чёрному пиджачку. Алик стоял, опустив одну маленькую ручку в карман чёрных брюк, а другой подтирал шмыгающий нос. Во вторник были похороны. Погибшая девочка оказалась его родной сестрой.

*****

ЧАСТЬ ВТОРАЯ

Всю ночь завывал ветер и хлестал проливной дождь. Природа буйствовала, словно зажатая в огромном кубе и, метаясь, искала выход. К утру ветер успокоился, а дождик продолжал накрапывать. Мелкие капли медленно сочились по мокрым стволам деревьев на еврейском кладбище. Но когда начались похороны, дождь прекратился, оставив серое, хмурое небо.

Две недели не дожила Лиза до своего двадцатилетия. Её маму везли в инвалидной коляске: передвигаться самостоятельно она не могла. Коляску сопровождали два родственника Лизиного папы из Нью-Йорка. Папа с инфарктом попал в госпиталь. Самым тяжёлым моментом стало опускание гроба в могилу. Казалось, что от рыданий затряслись кладбищенские ели. Остановились проезжающие мимо машины. Остановились и замерли люди, спешившие в мини-маркет «Wawa», на углу Байберри и Филмонт. А проснувшийся снова ветер разнёс это горе по всему Нордисту. В стороне под деревом стояли двое мужчин в тёмных длинных плащах и в шляпах.

"Послушайте, лейтенант, кого снимать? Они все в чёрных очках," - спросил тот, что пониже ростом.

"Тех, кто ближе к инвалидной каляске," - ответил Майкл Кэмбелл, подняв воротник своего плаща.

"Понял, шеф, я поменяю место."

"Меняй, я останусь здесь," - ответил лейтенант и приспустил край своей фетровой шляпы.

ГЛАВА ПЕРВАЯ

*Н*ика сидела на кровати в своей комнате. Окно было раскрыто настежь, но ей не хватало воздуха. Перед её глазами проносились все их последние встречи и разговоры с Лизой. Ника слегка хмурила брови и нервно покусывала губы. Она до сих пор не могла поверить, что Лизы больше нет. Ей казалось, что сейчас зазвонит телефон и Лиза предложит пойти в кино или в мол, но телефон предательски молчал …

Лиза изменилась после того случая, когда не пришла ночевать. Правда, она почти всегда молчала. А иногда становилась совсем грустной. Только через год, поступив в колледж, стала спокойней. Но от той прежней Лизы она всё же отличалась. Даже если и появлялась на Лизином лице улыбка, то глаза говорили совсем другое. Радости в них Ника не видела, от чего ей становилось очень тревожно за свою подругу. Слова прилетели неожиданно: "…а ещё я хочу убить Грэга…"

Ника съёжилась. В тот день они сидели у Лизы дома.

"Дура я, Ника, набитая дура. Он меня подставил, нет, втоптал в грязь…"

"Кто?"

"Грэг, - она впервые при Нике расплакалась, - я его любила..., а он..."

"Ты о чём, Лиза?"

"Я отомстить хочу, - выстрелила она зло, посмотрев Нике в глаза, - такие люди, как он, не должны жить..."

Она опять дала волю слезам и выскочила в ванную. Ника терялась в догадках:

"Чем я могу тебе помочь?"

"Ты? Нет, Ника, - она вернулась с полотенцем на плече, - тебе нельзя, - Лиза шмыгнула носом и добавила, - и не сейчас."

"Почему?"

"Он в тюрьме."

"В тюрьме?"

"Ну, да. В тюрьме."

"Тогда он уже наказан, если в тюрьме."

"Кто?"

"Ну, ты же сказала, что Грэг в тюрьме. Значит, он наказан."

Лиза скривила рот:

"Это для него не наказание. Его выкупят. У его отца денег как грязи и хороший адвокат всегда под рукой..."

...Ника вышла из-за стола и подошла к окну. Потом, что же было потом? Да, точно, Лиза чего-то испугалась. А чего? Ника вынула носовой платок, промокнула глаза. С улицы доносились громкие возгласы гуляющей детворы.

Вспомнила: "Телефон. Ну да, потом зазвонил телефон."

Когда Лиза подняла трубку, то вдруг резко поменялась в лице. Разговор закончился очень быстро. Повесив трубку, она побледнела и очень медленно вернулась на диван. Ника это заметила:

"Что-то случилось?"

"Ничего, - быстро ответила Лиза, - мне надо отлучиться."

"Можно мне с тобой?"

Лиза уставилась на подругу стеклянными глазами:

"Не сходи с ума. Тебе нельзя. Я же уже говорила - нельзя."

Лиза не хотела говорить, что ей нужно забрать у Джессики свой процент. Процент за хранение последней спортивной сумки. И сумма для неё была не малая – триста долларов.

"Возьму последний раз деньги, - решила Лиза, - и забуду, как они все, эти ублюдки, выглядят".

Они вышли на улицу. Перед тем как уйти, Лиза прижалась к её плечу:

"Ника, не обижайся, но так надо. Завтра всё расскажу. Я тебя очень люблю, Ника."

На следующий день Ника позвонила Лизе сама, но телефон молчал. Ещё через день она узнала, что её лучшей подруги больше нет. А Грэг уже через месяц был на свободе…

После похорон Ника месяц не могла прийти в себя. Лето было не в радость, спасала только подработка, три раза в неделю в банке рядом с домом. Даже книги не брала в руки. Алексу она звонила обычно три, четыре раза в неделю. По выходным они могли разговаривать часами. Ника верила, что он скоро поправится, радовалась за него, хотя на душе у неё почему-то было совершенно пусто. Пусто, холодно и... одиноко. Заканчивались августовские тёплые деньки. Заканчивалось, наверное, самое тяжёлое лето в её жизни. Телефонная трель раздалась около девяти часов вечера. Мама вошла к ней в комнату:

“Ника,” - удивленно сказала мама, - там тебя какой-то Грэг спрашивает.”

“Кто-о?! Грэг?”

“Ну да, Грэг. Кто это?”

“Это, мм-м... это из колледжа.”

Она стала на ходу придумывать:

“Приятель по колледжу.”

Чувствуя, как сильно забилось сердце, встала с дивана, постаралась успокоиться и, пройдя в гостиную, подняла трубку:

“Я слушаю.”

“Привет, Ника, узнала?” - встретил её уверенный голос.

По телефону они, естественно, никогда не разговаривала, а потому голос его узнать никак не могла:

“Не-ет, не узнала,” - стараясь сдержать волнение, выдавила она из себя.

“Это Грэг, нас Лиза знакомила на парковке возле бассейна. Вспомнила?”

Ника прикусила губу, чтобы не сорваться, услышав, как он спокойно говорит о Лизе:

“По-омню.”

"Ника, у меня мало времени, мне срочно нужна твоя помощь."

Минута молчания.

"Какая?"

"Мне срочно нужна штука баксов, на два дня. Нужна сейчас. Отдам с процентами. Деньги у меня есть. Ты же знаешь."

Ещё одна минута молчания.

"Ника, ты меня слышишь? Через два дня получишь с процентами. Отвечаю."

Она взяла трубку в другую руку, сменила влажную ладонь:

"Лично у меня денег нет."

"Спроси у родителей, выручай. Я здесь недалеко от тебя. В пиццерии, на плазе. Это прямо на Баселтон. Знаешь, где русская "Столовая»?»

"Да, знаю. Мне надо спросить у родителей."

"Хорошо. Я перезвоню через... десять минут. Очень нужно."

Ещё с минуту она стояла, держа в руках замолкшую трубку.

"Ника, что-то серьёзное?" - мама стояла в дверях.

"Да - да, в смысле, нет, мам, я... мне надо подумать. Я сейчас. А где папа?"

"Он уже лёг. Ему завтра рано вставать. А что?"

Дождавшись, пока мама закрыла дверь, Ника подошла к окну:

"Боже, что я делаю?"

Она закрыла лицо руками, словно пряча непонятное чувство, от которого её стало трясти. Облокотилась на подоконник. Хотела успокоиться. Не получилось. Направилась к шкафу, вытащила лёгкую спортивную куртку. Снова вернулась к окну, взглянула на тёмное, безмолвное небо, на холодный отблеск новых машин, стоящих за железной оградительной сеткой, и подняла глаза в сторону плазы… Там её ждёт… Кто? И она вдруг поняла, что хочет ему помочь. Зачем? Почему? С какой стати? Хотела спросить себя. Но не спросила. Что сказала папе, а разговаривать про деньги надо было только с ним, она и не помнит. Но он ей поверил и деньги дал. Когда Грэг позвонил во второй раз, она уже спокойно смогла переспросить, где он:

"Хорошо. Я поняла. Через десять минут."

Ника повесила трубку, накинула куртку, захватила ключи от машины и вышла на улицу. Зайдя в предбанник пиццерии, Ника осмотрела помещение с большими разноцветными окнами. Заняты были всего три столика. Один занятый столик был возле кассы, другой на противоположной стороне, тот, который нужен, находился прямо рядом с дверью. Да, вроде это он. Ника узнала его. Грэг сидел между двумя молодыми, очень хмурыми парнями на лавке у стены. Они о чём-то разговаривали. Грэг чертил что-то на листке бумаги, а те двое, один чёрноволосый, в сдвинутой набекрень бейсбольной кепке, а другой бритый наголо, сурово поглядывали на стол.

Наконец Грэг оторвал взгляд от бумажки и увидел Нику… Их глаза впервые встретились. На небритом, пожелтевшем лице мелькнуло подобие улыбки. Он что-то сказал тем двоим. Бритый парень поднялся вместе с ним. Второй же, привстав, переложил что-то в другую руку и сунул за пояс. Ника заметила и отступила назад. Это был пистолет. Да - да, пистолет. Она не могла ошибиться.

"Принесла?" - Грэг стоял перед ней, скрестив на груди худые руки.

"Да, вот," - Ника протянула ему конверт.

Он, не глядя, взял конверт, сложил пополам и сунул в передний карман синих джинсов.

"Через два дня, как и обещал, в это же время здесь же. Договорились?"

"Хорошо," - сказала быстро Ника, стараясь не смотреть ему в глаза.

"Но я тебе перед этим позвоню."

Ника кивнула и открыла входную дверь.

"А ты молодец, Ника, - его голос остановил её, - Лиза мне про тебя так и говорила, что ты..."

Не дослушав, Ника пулей выскочила на свежий воздух. Перед тем как сесть в машину, постояла с минуту, облокотившись руками о капот. Только лишь потом смогла завести машину и вернуться домой.

Через два дня, как и обещал, Грэг деньги вернул. Была пятница. Она должна была встретиться с ним в восемь вечера на том же месте. Грэг стоял возле входа в пиццерию один. Когда Ника подъехала, он без разрешения открыл дверь её машины и плюхнулся на заднее сиденье:

"Моя машина барахлит. Поедем на твоей. Выезжай на Баселтон и налево."

Ника успела лишь взглянуть в зеркало заднего вида и
среагировать на его команду:

"Поехали. Чего стоишь?"

Выехав на центральную улицу, у первого светофора она
спросила:

"Куда?"

Не понимая, как она разрешает ему так с ней разговаривать.

" "Бак" отель, где олень. Знаешь? Там на Бак роуд и до 413-
ой."

"Послушай, мне..."

"Деньги получить хочешь? - перебил голос с заднего сиденья.
- Вот и поехали."

"Куда?"

"За деньгами," - рявкнул Грэг.

Ника была вне себя, хотела спросить про его машину, мол,
почему нельзя привезти деньги потом. Она смогла бы
подождать. И почему он развалился, как на кровати. Наверное,
прячется от кого-то, решила она про себя, и не хочет, чтобы его
видели. Ника зло вцепилась руками в руль. Доехав до отеля, где
находилась статуя оленя, спросила:

"Мы что, в Ньютаун едем?"

"Да-а, - донеслось позади, - держись в ближней к центру
полосе, от отеля вправо и сразу налево, на 532-ую и шпарь до
самой 413-ой."

На 413-ой, как помнила Ника, находится Бакс Каунти
колледж, пару раз она подвозила туда Лизу, когда у той машина

была в ремонте. Она приспустила боковое стекло. Трудно было дышать. В своей машине она везёт человека, которого ненавидит всей своей душой. Везёт, не зная, куда и зачем. Человека, и она уверена в этом, виновного в Лизиной смерти. Но Карина сказала, что он в тюрьме. Значит, уже выкупили. Как так получается? Продаёт наркотики, все это знают и не могут дать ему такой срок... ну, большой, например десять или все двадцать лет. Чтобы другим жизнь не портил. Почему? Впереди замаячил светофор 413-ой.

"Подъезжаем," - сказала Ника.

Грэг приподнял корпус и посмотрел вперёд:

"Прямо, на втором светофоре направо и..., короче, поезжай, я буду тебе показывать."

Они ехали по узкой дороге с высокими тёмными деревьями по бокам.

"Здесь налево и прижмись к бровке."

Ника прижалась к бровке и остановила машину. Грэг вышел, осмотрелся по сторонам:

"Жди здесь. Погаси свет, но мотор не вырубай. Я скоро буду. Из машины не выходи. Поняла?"

Ника не ответила. Темнота и высокие ели скрывали стоящие по правую сторону дома. Слева расстилалось широкое поле, упирающееся в чёрный горизонт. Ночной небосклон затянула хмурая пелена, отчего небо казалось очень низким, давящим. Казалось, вот-вот и оно рухнет на такую же тёмную землю и никому не спастись, никому... Ника сидела, затаив дыхание.

Думала ли она о чём-то? Хотела. Но не получалось. Все мысли разрушал один вопрос:

"Что я здесь делаю?"

Сколько прошло времени, она не знала. Неожиданно распахнувшаяся задняя дверь заставила её вздрогнуть:

"Открой багажник. Быстрее," - это был Грэг. В руках он держал два больших чемодана.

Ника выключила двигатель и отдала Грэгу ключи. Грэг в считанные секунды открыл багажник, бросил туда чемоданы, закрыл, прыгнул на заднее сиденье и протянул Нике ключи:

"Быстро! Поехали! Чего стоишь?!"

"Куда?" - растерянно спросила Ника.

"Туда, откуда приехали. Обратно к пицце. Ну же! Разворачивайся!"

Не успели они подъехать к 413-ой, как навстречу им вылетели две полицейские машины. Она заметила, как Грэг мгновенно завалился на сиденье и пролежал там до самой пиццерии. Переложив свой груз в багажник уже своей машины, он достал из внутреннего кармана куртки конверт и протянул его Нике:

"Тут мой долг и, как обещал, твоя доля."

"Что?" - Ника взяла конверт и бросила его рядом на сиденье.

"Твоя доля, - повторил он уже с улыбкой, - проценты. Считай, что прокатилась не бесплатно".

Она хотела уже отъехать, но Грэг окликнул её снова:

"Эй, Ника..."

"Ну?"

"Я позвоню, когда смогу. А ты, действительно, молодец..."

Ника, не дослушав, нажала на газ и в несвойственной ей манере буквально сорвалась с места, чуть не зацепив машину Грэга. Тот успел отскочить в сторону.

Перед тем как лечь в кровать, Ника открыла лежащий под подушкой конверт, в котором оказалось одна тысяча триста долларов. Забравшись под одеяло, она накрылась с головой. Видения картинками проносились одно за другим, смешиваясь в какой-то бесформенный моток, который вдруг неожиданно врезался в железную заградительную сетку и разлетелся рваными, кровавыми кусками, из которых появлялись образы. Вот Лиза, медленно проплывающая в стеклянном куполе, словно спящая красавица, машет ей рукой, пытаясь о чём-то сказать, но Ника не слышит. Её место занял Грэг, во всём чёрном, сидящий между двумя незнакомцами. Увидев пистолет, сверкнувший почему-то в руках у Лизы, она проснулась. Чёрный ствол был направлен на Грэга... Ника встала, накинула халат. Её знобило, хотя в комнате было тепло:

"Что со мной? Что я делаю? Кому я помогаю?"

Она посмотрела в сторону окна, за которым хозяйничала ночь, разбавленная тусклым лунным светом.

"...я хочу ...убить ...Грэга ..." - голос Лизы вернул её на кровать.

Не снимая халат, она забралась под одеяло и провалилась в сон. Утром вернула папе деньги:

"Хорошие у тебя друзья, Ника," - улыбнулся родитель, - сказали через два дня отдадут и отдали. Но лучше, дочка, никому финансово не помогай. Друзей растеряешь. Поверь мне. Я это хорошо знаю."

Тем же вечером она услышала разговор родителей.

"Ты слышал, - говорила мама, моя посуду, - в Бакс Каунти обворовали два дома, а вчера ещё один, но в Ньютауне. Говорят, какая-то банда подростков орудует."

"Откуда ты знаешь?" - спросил папа.

"А ты телевизор включи."

Ника не знала, куда себя деть. Она приподняла половинку окна в своей комнате и стала жадно хватать свежий воздух, крепко схватившись руками за подоконник, потому что мир под её ногами стал проваливаться, проваливаться и проваливаться...

*****

ГЛАВА ВТОРАЯ

*П*рошло три дня, Ника разбирала средний ящик своего письменного стола, когда раздался телефонный звонок:

"Ника, это Карина. Как дела? Есть время поговорить?"

"Конечно, а как у тебя?" - Ника прикрыла ящик и откинулась на спинку стула.

Карина ответила не сразу: "Ты в курсе, что случилось?"

"Ты о чём?"

"Мой Эрик всё-таки доигрался."

"Что, не успел перепрыгнуть забор?"

"Если бы. Загремел на четыре года."

"На четыре года!"

"Я уезжаю, Ника."

"Ты? Куда?"

"К родной тётке во Флориду, точнее в Майями."

"А как же Эрик?"

В трубке слышалось прерывистое дыхание: "Как, как, а никак. Устала я, Ника. Думала, что у него это напускное, мол, крутой. Сейчас понимаю, что он завяз по горло. Я его предупреждала. Больше не хочу. Хочу быть как ты, положительной."

"Скажешь тоже. Какая я положительная?"

"Ты, Ника, правильная. И всё в твоей жизни будет ровно. Чего я тоже хочу. Потому и уезжаю. Другого пути не вижу. В жизни надо что-то поменять, чтобы что-то найти."

Хорошее выражение, Ника запомнила: "А там ты будешь…"

"Учиться, - ответила Карина, - я уже заполнила и отослала все бумаги в местный колледж."

По стеклу постукивал осенний дождик. Длинные прозрачные струйки пузырились и сбегали наперегонки вниз. Про Грэга Карина заговорила сама: "Знаешь, никого не обвиняю. Даже Грэга. Он не заставлял Эрика. Может, поначалу, но потом, когда у Эрика появились серьёзные деньги, то он сам решил продолжать. Хотя и спасибо этому ублюдку не скажу."

"Кому? То есть, какому ублюдку, Эрику?"

"Нет, я говорю про Грэга."

"Грэга, ты же говорила, что он в тюрьме."

"Ты права, но, как всегда, ненадолго. А потом Джессика, его подружка."

"Кто это, Джессика? Рыжая? Тоже в тюрьме?"

"Она самая. Ты что, знаешь её?"

"Не-ет, видела у бассейна один раз, мы были, - Ника хотела сказать про Лизу, но не сказала и тут же спросила, - а когда она попала в тюрьму?"

"Кто?"

"Ну, Джессика?"

"Совсем недавно."

“Откуда ты знаешь?”

“Она загремела с Эриком. А что? Хочешь занять её место?”

Ника не ответила.

“Извини, шучу, - Карина сделала паузу, - Ника, я… хотела тебе что-то рассказать. Но не по телефону. Я уезжаю через два дня, если сможешь, давай встретимся, или нет, лучше заезжай ко мне, адрес я тебе скажу. Только не забудь - это очень серьёзно. Ника, ты меня слышишь? Ника, ты…”

Но тут их разговор прервался. Что-то случилось с телефоном. Сначала в трубке раздался скрип, потом аппарат зашёлся писком и непонятными, прерывистыми хлопками. А вскоре и вовсе затих. Ника посмотрела на провод, потом на розетку. Вроде всё нормально. Может, это не у неё, а у Карины. Пыталась перезвонить, набрала пару раз тот же номер, но телефон продолжал скрипеть.

“Ладно, позвоню позже.”

Но позже не получилось. Вышло так, что она с Кариной так и не встретилась. На её машине необходимо было поменять все тормоза, поменять масло и сделать инспекцию. Этим занимался её папа. Ника же, узнав об отъезде Карины, только вздохнула:

“Значит, когда погибла Лиза, Грэг был за решёткой. Странно. Получается, что он ни при чём? Тогда, кто же?”

Грэг позвонил через неделю. Ника должна была подъехать к блинной на Рузвельт бульваре, что рядом с её домом, в семь тридцать вечера. И на этот раз Грэг без приглашения сел в её машину, как только она остановилась: "Привет, - кинул он с заднего сиденья, - поехали в Бенсалем. Как ехать, знаешь?"

"Нет, - выпалила Ника, - я никуда не поеду, пока ты мне не объяснишь, что происходит. И почему я должна куда-то ехать?"

Грэг приспустил боковое стекло и смачно сплюнул:

"Хорошо,- начал он, - я объясню. Ты, Ника, преступница."

Нику бросило в краску. Грэг оценил её молчание: "Но ты не переживай, много тебе не дадут. Тем более, первый раз."

"А что я сделала?" - процедила она сквозь сжатые губы.

"Ты? Ты просто вывезла награбленные вещи в своей машине. Целых два чемодана, в которых…"

"Хватит, - вскрикнула она, потом тихо прошипела, - хватит."

Отступать было некуда: "Как проехать в твой Бенсалем?"

Грэг выдохнул: "Вот это другое дело. Выезжай на бульвар, налево и становись в крайний правый ряд. Едем в сторону автострады, что на Нью-Йорк. Когда проедешь последний отель по правой стороне, съедем на 132-ую на восток. Дальше я покажу. Ехать всего ничего - десять минут."

Ника развернула машину и встала под светофор, упирающийся в бульвар Теодора Рузвельта. Съехав на 132-ую, через четыре светофора они повернули на Механическую улицу и, проехав мост, подъехали к трёхэтажному зданию из красного кирпича: "Я недолго," - бросил Грэг.

Квартира, в которую он вошёл, была на первом этаже. Вышел Грэг через полчаса. В руках у него был небольшой бумажный пакет. И вышел он в другой куртке из коричневой кожи.

“В Трентон,” - сказал он, сунув пакет себе под ноги.

“А как ехать?” - Ника поморщилась от запаха новой кожи.

Грэг, заложив руки за голову, потянулся:

“Выезжай снова на бульвар и рули на север. Всё время прямо. Очень легко. Вот видишь, курточкой разжился.”

“Поздравляю, - зло ответила Ника, - а там куда?”

“Я же сказал, в Трентон. Давай, не тяни, я покажу…”

Домой она приехала в десять вечера.

“Ника, когда тебе вставать?” - ничего не выспрашивая, мама очень пристально посмотрела на неё.

“В восемь. Мне к десяти в колледж. Разбудишь?”

“Да, конечно, мы с папой как раз в восемь должны выходить.”

Перед тем, как она погасила в своей комнате свет, мама обратилась к ней ещё раз: “Ника, у тебя всё в порядке?”

Ника удивилась: “Мам, конечно, я просто с подружкой в кафе ходила. Карина, ты же её помнишь, она один раз у нас была. Папа её ещё домой отвозил. Помнишь?”

Второй раз она маме сказала неправду.

“Карина? Такая брюнетка невысокая, симпатичная. Помню. Так ты пригласи её к нам.”

“Приглашу, мама, приглашу. Можно мне…”

“Да-да, спи, Ника, спокойной ночи.”

“Спокойной ночи, мама.”

*****

ГЛАВА ТРЕТЬЯ

*С*амое трудное для Ники было бороться с воспоминаниями.

Образ Лизы сопровождал её повсюду. Но было и другое. Она поймала себя на мысли, что совершенно не боится Грэга. Однако он её раздражал. Иногда она очень жалела, что не может физически ответить ему, то есть откровенно "дать в нос", как сказала бы Лиза. Лиза… Странно и необъяснимо, но нити раздражения к этому человеку, о котором ещё никто не сказал ни одного хорошего слова, не отдавали неприязнью. Это и злило Нику. Грэг позвонил через неделю. Она должна была быть в восемь вечера на углу Алгон авеню и Каттман авеню, на бензоколонке. Рядом с Нордист Хайскул (школа для старших классов). Этот район она знала неплохо. Там жила её родная тётка по маминой линии.

"Как долго?" - спросила Ника.

Грэг растянул плотно сжатые губы: "Ну, сегодня нужно отдать в двух местах, а в одном получить."

На нём был тонкий шерстяной синий свитер, а поверх та новая коричневая куртка.

"А потом куда?"

"Много вопросов, Ника."

"Почему?"

"Потому, что мы зарабатываем, и неважно, сколько на это понадобится времени. Меня не волнует, что…"

"Мы? А меня…," - она хотела повернуть голову, но продолжала смотреть вперёд.

Грэг уловил, но решил не обострять обстановку. Ника ему нужна. Он это хорошо понимал:

"Сначала в Бакс Каунти, потом вернёмся в Нордист. Как в Бакс Каунти ехать, ты, наверное,…"

"Помню," - зло перебила она.

"Отлично, тогда вперёд."

Через полчаса они свернули на узкую дорогу, по обе стороны которой темнели силуэты домов. Практически во всех окнах горел свет.

"На знаке "Стоп" направо, - скомандовал Грэг и вытянул вперёд руку, - и вон к тому крайнему. Я позвоню."

Он вытащил из кармана куртки мобильный телефон. Где-то уже около года, а может, и раньше, как появилось это чудо техники. Никин папа тоже приобрёл такой же, и мама, но Ника пока обходилась без него. Расписание у неё было очень простым. Три раза в неделю колледж и домой. Правда, она нашла подработку в медицинском офисе в пятницу и субботу - с десяти утра и до четырёх, иногда по пятницам её оставляли и до самого закрытия, до восьми вечера. На прошлой неделе папа предложил открыть семейный план, в который включался бы и телефон Ники. Помимо звонков можно отправлять текстовые сообщения и даже подобрать вместо гудков свой любимый мотив. Грэг спокойно разговаривал по телефону и следил за дорогой:

"Здесь остановись, дальше не надо. Дальше я сам, - и перед тем как отключиться, он добавил кому-то в трубку, - стой, где всегда."

Выйдя из машины и прикрывая дверцу, посмотрел на Нику: "Припаркуйся вон у того дерева."

Она проехала вперёд. Не успела припарковаться, как от дерева отделилась высокая, худая фигура. Через полминуты подошёл Грэг, держа в руках какой-то пакет. Лицо парня Ника не разглядела да и не очень старалась. Заметила лишь длинный белый свитер и тёмные джинсы. Остальные детали скрывала темнота. Свидание прошло за пять минут. Парень удалился, а Грэг так же проворно сел в машину: "Теперь назад в Нордист."

Пока ехали, ему кто-то два раза звонил. Свернули с Баселтон на Томлинсон: "Теперь ещё два знака "Стоп" и направо. Там я покажу."

На этот раз на встречу с ним вышла девчонка, на вид чуть младше Ники: "Вот дура. Сколько ещё таких дурочек может оказаться на его пути, - вспомнилась сестра маленького Алика, - неужели не знают, чем это может для них закончиться."

Неширокая тёмная улица была заставлена припаркованными машинами. Справа и слева светились окна двухэтажных дуплексов. Ника остановилась возле гидранта. Фары она, как и полагается, погасила заранее. Невысокая блондинка смеялась и что-то рассказывала Грэгу, тот не перебивал. Наконец он наклонился и чмокнул её в щёку, девчонка ответила тем же, при этом Грэг отдал ей пакет, а блондинка протянула ему свёрток.

"Назад тем же путём, возле школы, что слева, проезжай медленно. Очень медленно," - спокойно повторил Грэг.

Школа для начальных классов "Лэш" находилась напротив бензоколонки. Рядом со школой виднелось спортивное поле и баскетбольный корт, где иногда играли в мяч подростки. Корт граничил с детской площадкой, на которой по вечерам собирались далеко не дети. Разговаривали, общались, а заодно ждали курьеров вроде Эрика, дружка Карины, которые снабжали желающих наркотиками. Грэг там не появлялся, но контролировал.

"Эрик в тюрьме, и Джессика в тюрьме. Значит, нужен кто-то, кто…," - она прервала внутренний монолог и посмотрела в зеркало заднего вида, но только на себя. Себе в глаза.
"Ника, это ты?" - шёпотом спросила она себя.

Помолчав, отвернулась в сторону детской площадки. На корте, освещённом блоками фонарей, прикрепленных к высоким железным столбам, около десяти ребят играли в мяч. Грэг приподнялся на локтях: "Ника, ты что-то сказала?"

Она не ответила, продожая медленно вести машину.
"Пока никого, - он надвинул на лоб бейсбольную кепку и цокнул губами, - ладно, в другой раз. Их здесь нет."

После чего вытянул свои ноги и скрестил руки на своей новой куртке: "Нам нужно на Вудвард. Знаешь? Это возле церкви, что в парке и на горе."

"Да, - ответила Ника, - знаю."

"Но перед этим мне нужно заехать к..., - он запнулся, - короче, поезжай по Баселтон, когда переедешь Каттман, я покажу."

Все улицы, что находились ближе к Рузвельт бульвару, за Каттман авеню, мало чем отличались друг от друга. Дома, называемые рокхаузы, обнесённые добротными облицовочными каменными плитами, стоявшие вдоль улиц, прижимались друг к другу и с высоты птичьего полёта напоминали длинные каменные сардельки.

"Я быстро," - бросил Грэг, прижимая к куртке бумажный пакет, и скрылся за серой деревянной дверью.

Название улицы Ника запомнила: Лоретто. Двухъярусный отсек с неширокими окнами, обрамленными белыми занавесками, виднелся из-за тёмно-красных листьев высокого дерева. На первом этаже горел свет. Видимо, его соседи. Интересно, знают ли они, чем занимается их сосед? Вернулся он без свёртка. Присев, сунул что-то за пояс джинсов и приспустил свитер. Ника заметила лишь отблеск металлического предмета. Это была рукоятка пистолета.

"Поехали."

До последней остановки они доехали минут за десять. Машин на дорогах стало меньше. Ника помнила это место. В детстве она часто здесь гуляла с папой. Однажды они с папой решили пройти по всей вьющейся между высокими деревьями тропинке. Шли долго вдоль маленькой речушки, которая за мостом разливалась в небольшое озерцо. Папа продолжал рассказывать про грибы, растущие под деревьями, но Ника помнила, что испугалась. Почему? Людей не стало. В начале пути она видела гуляющие пары, многие с детьми, кто бегом, кто на велосипеде. После моста людей стало меньше, а потом они все куда-то подевались. Странное ощущение, вроде парк, не лес, а всё равно… Нике было не по себе. И, когда папа предложил обратно, она тут же согласилась… Вот этот поворот, церковь на горе и парковая зона.

"Остановись около второго знака "Стоп", вплотную не подъезжай."

Ника кивнула. Фонари на деревянных столбах слабо освещали улицу.

"Стой, я выхожу. Иду один. Ты едешь к знаку, куда я сказал. Если что случится, то встречаемся через час, - он на секунду повернул голову в сторону парка, - школу каратэ помнишь? Ты же вроде тоже туда ходила? Встречаемся возле школы. Если меня там не будет, тогда поезжай домой. Я тебя сам найду."

Хлопнула дверь. Грэг вышел, застегнул до подбородка молнию на куртке и, перейдя на другую сторону, зашагал по тротуару. Тишина. От фонарей продолжал струиться тусклый жёлтый свет. Ни души. Ника проехала дальше, стараясь не смотреть в черноту лесопарка. Вот и знак "Стоп". Ждать нужно здесь. В эту минуту холодок, пронизывающий всё её тело, неожиданно улетучился, широко раскрылись глаза, а мурашки рассыпались по плечам, груди, рукам и исчезли, оставив приятное тепло внизу живота.

Погасив фары, она стала смотреть в зеркало заднего вида. Вот Грэг перешёл на её сторону и, перепрыгнув через небольшую ограду, оказался на маленькой полянке, уходящей в парк. Потом она увидела, как он оглянулся по сторонам и пропал за огромными кустами. Ника подвинула назад своё кресло и, откинувшись на спинку, прикрыла глаза, но ненадолго. Через какие-то считанные минуты улицу оглушил вой машин. Всё озарилось красно-синим светом крутящихся мигалок. Две машины. Это была полиция. В первой, остановившейся позади неё, включили дальний свет и две боковые фары. Стало ярко, будто днём. Она даже смогла разглядеть облупившуюся красно-белую краску на железном полотне дорожного знака. У открытого окна появилась крупная фигура:

"Офицер Ватсон, ваши документы, водительские права и страховка на машину. Пожалуйста."

С противоположной стороны стояла офицер - женщина, с длинным ручным фонарём в одной руке, вторая её рука была на кобуре. Ника, прищурившись, открыла сумочку. Нашла. Руки её слегка дрожали.

"Почему стоим здесь?" - спросил полицейский.

"Просто остановилась," - она старалась быть спокойной, - почувствовала себя плохо. Вот и остановилась. А что, нельзя?"

Мужчина в форме взял из её рук документы и, сделав знак своей партнёрше, удалился в полицейскую машину. Женщина в форме осталась на том же месте, в той же позе. Ника вновь посмотрела в зеркало заднего вида. Вторая машина была грузовой вэн. Двери вэна раскрылись. Из них выскочила группа людей в военной экипировке. Последним из вэна выскочил, видимо, старший группы. Все собрались вокруг него. Старший указал на то самое место, куда пошёл Грэг, и группа бросилась в парковую рощу. Грэг же в это время мчался наперегонки сам с собой по единственной узкой тропинке, вдоль единственной маленькой речушки: "Сс - ука, подставил. Убью!" - всё, что он успел сказать перед стартом. Когда услышал рёв машин, то сразу же догадался, что это по его душу.

Что - что, а бегать он мог, и неплохо. Пролетев под мостом, на ходу выкинул в озеро свёрток и пистолет. И помчался дальше. Грэгу нужно было добежать до улицы Кристаун, там зайти в мини-маркет «WAWA», купить кофейку и просто постоять, пока всё уляжется.

"Выходите из машины," - услышала Ника строгий женский голос.

Она выполнила приказ.

"Руки на капот, ноги на ширине плеч."

"Оружие, наркотики в машине есть?" - женщина в форме осветила фонариком салон машины.

"Не-ет," - протянула Ника.

"Ну-ну, - съехидничала полицейская и осветила Никино лицо, - а где твой друг?"

Ника поняла, что пришло время обмануть во второй раз:

"Я…, - начала она, - я одна… я ни с кем…"

"Странно, - пробасил другой офицер, заменивший Ватсона, - живёшь на Халдеман, а стоишь совсем в другом месте и в абсолютно противоположном направлении."

"Моя бабушка живёт в "Белом" доме."

"Где?" - скривилась женщина-офицер.

"В "Белом" доме, там пожилые люди живут, и так они называют этот дом. Вон тот на углу, - она показала рукой в сторону бульвара, где находилось большое высотное белое здание, - вы хотите, чтобы я развернулась?"

"А что было в этом мешке?" - женщина осветила пластиковый мешок, оставленный Грэгом под задним сиденьем.

"Мой обед для колледжа," - продолжала выдумывать Ника.

"Куришь?" - женщина-офицер осветила салон машины.

"Нет, - коротко ответила Ника, - никогда не курила."

Она увидела возвращающуюся группу, убежавшую в лес. Теперь она разглядела их лучше. Все были с оружием в руках и в чёрных беретах на голове. По их виду она поняла, что Грэга они не догнали.

"Ладно, - подошёл офицер Ватсон и протянул ей документы, - тебе повезло. Только поскорее отъезжай с этого места."

"А что это?" - Ника покрутила в руках непонятный для неё корешок.

“Штраф,” - резанул полицейский.

“Штраф? А за что?”

“Неправильная парковка. Слишком близко находишься к дорожному знаку.”

“Это же…” - она хотела что-то сказать, но передумала.

Взяла документы, завела двигатель и стала медленно разворачиваться в обратном направлении. Полицейские дружно провожали её взглядом.

“Что я могу сделать, - досадно махнул рукой полисмен, - она чиста по всем сводкам. На неё у нас ничего нет.”

“Только вот была она не одна,” - сказала ему партнёрша.

“Доказательство?”

“Ты заметил, что на ней было сверху надето?”

“Куртка. Плащевая серая куртка с капюшоном.”

“Вот-вот, а весь салон пропах кожей.”

“И что?”

“А то, что был кто-то второй, в кожаной куртке.”

“Может, но мы опоздали.”

От группы отделился коренастый мужчина с коротким бобриком тёмных волос: “Я говорил, что надо было собаку.”

“Согласен, Майк, согласен. В следующий раз обязательно прихватим. Ты своего информатора береги. Как бы что с ним не случилось.”

“Постараюсь, Гарри, ты кого-то остановил?”

Гарри Ватсон протянул написанный им протокол.

"Интересно," - мужчина снял с головы берет и почесал крупной пятернёй крепкую красную шею.

"Ты знаешь её?"

"Да, знаю, Гарри, знаю."

"Но у нас ничего на неё нет."

"Это неважно, - Майкл вернул ему бумаги, - я вызову её к себе. Что-то начинает, мне кажется, вырисовываться."

"Ты имеешь ввиду дело об убитой русской девчонке?"

"Вроде того."

"Ты же говорил, что тебя кто-то опередил. Или…"

"То-то и оно, то-то и оно," - загадочно ответил Кэмбелл.

"Ох, уж эти русские, в печёнке у меня сидят, - Ватсон развернулся и сделал знак своей партнёрше, чтобы та шла к машине, - одни проблемы от них, Майк, одни проблемы."

"Согласен. Гарри, когда ты последний раз заглядывал на Халдеман?" - Майкл махнул водителю вэна, чтобы подъехал ближе.

"Каждую пятницу и субботу, а что?"

"Эта девчонка живёт в том же месте, где жила убитая русская."

"Вот как. Занятно. Чем смогу, Майк. Буду держать тебя в курсе дела."

"Спасибо, Гарри."

*****

ГЛАВА ЧЕТВЁРТАЯ

*Н*ика поехала домой. По дороге включила радио, чтобы немного успокоиться. Сменила волну 102.1 на 105.1. Новая песня Рикки Мартина по популярности побила все рекорды. Лёгкая музыка и простые слова о прекрасном времени из его жизни. Весело, с улыбкой популярный певец, как хороший гид, вёл всех слушателей по маленькому испанскому городку. Хотелось радоваться и улыбаться вместе с ним, но Нике было не до улыбок. Желание остановиться, что-то изменить, пока не случилось ничего серьёзного, не покидало её. Перед входом в свой дом постаралась успокоиться и ни о чём не думать. Мама хотела о чём-то с ней поговорить, но Ника сослалась на головную боль из-за женских дел. Потом, приняв быстренько душ, шмыгнула к себе. Папа со вторника по пятницу в Нью-Йорке, приедет только завтра к вечеру. Такое уж у него расписание. Вчера она получила письмо от Алекса. Алекс молодец. Силы духа ему не занимать. Через месяц его должны снять с каталки, и он сможет самостоятельно ходить. Быть рядом с ним, конечно же, - да. Но её желание последнее время натыкалось на какую-то заковырку, непонятным червяком засевшую в ней. Она погасила в своей комнате свет и забралась под одеяло. В течение трёх прошедших дней она проходила тренинг - инструктаж в медицинском офисе, который находится в их районе недалеко от дома. Завтра её первый официальный день. Ника будет получать свои честно заработанные деньги.

Мысли бегали фрагментами прошедшего вечера. Ей показалось, что она узнала человека в камуфляжной форме, у полицейской машины, когда тот снял с лица маску. Ника в это время как раз завершала разворот. Скуластое лицо, тёмный бобрик, он походил на следователя, который вёл дело об убийстве Лизы. Допрашивали многих, но её, Нику, особенно, как лучшую подругу. Правда, она ничего существенного не рассказала. Да и откуда, если ничего конкретного не знала. Только вот кто Лизе позвонил? И с кем она пошла на встречу?

“Узнаю, я всё узнаю, Лиза, обещаю тебе,” - уже зевая, сказала она в чернеющее за окном небо, её веки отяжелели, Ника закрыла глаза и, на удивление, сразу же заснула.

Работа в офисе Нике понравилась: принимать звонки от клиентов, сверять время встречи с врачом, если время не устраивало, предлагать другие варианты. В случае сложных вопросов переключала звонивших на симпатичную Лену, дважды разведённую и ходившую в постоянных невестах. Работала Лена всегда с улыбкой и могла делать несколько дел сразу. Например, отвечать по телефону, писать бумаги, смотреться в круглое зеркальце на её столе и давать дельные женские советы, причём, в подробностях, с массой специальных женских хитростей. Лена взяла на себя опеку над новенькой:

"Женщину, Ника, выделяют губы, глаза и руки, - говорила нараспев Лена, - поэтому не советую курить. Женский рот - это путь к успеху и победе над любым мужчиной."

Тут Лена была права, её рот был действительно красив и сверкал ровными белыми зубами. А чувственные губы, покрытые перламутровой помадой, могли любого сразить наповал. Про серые глаза даже и говорить не надо. Просто прелесть. Только вот...

"С мужиками мне, Ника, не везёт. Падкая я на красавцев, а у них, надёжность... хромает. И, как правило, сильно."

Рабочая суббота пролетела быстро - короткий день.

"Ты сегодня на свидание?" - спросила Лена, разглядывая себя в маленькое зеркальце.

"Может быть, хотя в понедельник у меня тест по компьютерной графике. Читать много надо и готовиться."

"Какой тест, цыпа, сегодня суббота, - проговаривала, пудря нос, старшая по званию, - какой компьютер в двадцать лет. Через двадцать лет он компьютером и останется, а молодые годы пролетят и не вернутся."

Ника соглашалась, что примет её советы к сведению и, пожелав сорокалетней невесте удачи, пошла к своей машине, крутя в голове: "...молодые годы, молодые годы..." Об этом говорила мама, говорили в школе, но в реальной жизни... Папа был уверен, что человек молод, пока молод душой... Н-да. Отойдя от Лениных советов, она вдруг поняла, что едет не домой, а совсем в обратном направлении. Тихая, узкая улица.

Дом за раскидистым деревом с кроной тёмно-красных листьев нашла сразу. Припарковавшись, выключила двигатель и, опустив голову, положила руки на руль:

"Страшно? Нет-нет, другое слово. Опасно? Тоже нет."

Ника посмотрела сквозь лобовое стекло, внутри у неё было непонятное спокойствие. После первого звонка - тишина. Нажала верхнюю кнопку второй раз - то же самое. Потом слегка толкнула. Дверь была не заперта. Перед ней уходила наверх крутая лестница, а в лицо ей дохнул запах нестираного белья и отдалённый горьковатый запах табака.

"Вроде он не курил, хотя, кто его знает," - вспоминала она, медленно ступая по мягкому покрытию бежевого цвета.

Не хотела, но всё же спросила себя: "Зачем? Зачем я сюда…"

Подняв голову, увидела стоящего в дверях Грэга: "Чего пришла? Я тебе не звонил."

Грубо, конечно же, грубо, но ведь она действительно, пришла без приглашения. Ника нашлась, но ответила, потупив взор:

"А мне просто интересно было узнать, где ты. И как."

Грэг скривил лицо, будто проглотил очень солёный огурец и, скрывшись в комнате, бросил: "Узнала?"

Дверь осталась открытой.

"Так мне уйти?"

"Заходи, - донеслось сверху, - только у меня ничего нет. Угощать нечем."

Ника вздохнула и поднялась. Терпкий табачный "аромат" блуждал по почти пустой комнате, которую, наверное, не успели до конца проветрить. Остановившись у порога и сжимая в руках чёрную сумочку, она окинула взглядом небольшую гостиную, которая была отделена стеной от кухни. В кухне кроме газовой плиты и холодильника ничего не было. У единственного окна на видавшем виды кожаном диване развалился Грэг, скрестив руки на груди, и смотрел в потолок. Рядом под цвет дивана стояло кресло. Между ними журнальный столик, на котором лежал раскрытый блокнот, какая-то фотография в рамке и раскрытый серебряный портсигар, набитый папиросами. В мраморной пепельнице лежали два потушенных окурка.

"Ну, что, проходи. У меня с уютом проблемы. Нравится?"

"Что? Обстановка?" - спросила Ника.

Он повернулся молча на бок, рассматривая гостью.

"А, да, ничего. Нормально," - нашлась она, лишь бы что-то сказать.

Ещё раз окинув глазами комнату, Ника решила предложить пойти куда-нибудь попить кофе, но в этот момент зазвонил мобильный телефон. Мелодия ей не понравилась. Какой-то речитатив из афро-американского шлягера. Она машинально прижала к себе свою сумку, но это был не её телефон..

Грэг рывком поднял свой корпус, спустил ноги вниз: "Слушаю, да-да, это я. Понял. Говори, говори куда? - он встал, подошёл к окну, в трубке ему что-то объясняли, - да, знаю. В каком? Знаю. Когда?"

"Ты спешишь?" - этот вопрос был к Нике.

Та отрицательно покачала головой.

"Хорошо, ждите. Я скоро буду. Знаю, где, знаю. Я же уже говорил. Всё. Еду."

Выключив телефон, он прошёл мимо Ники по узкому коридору: "Умоюсь, и надо ехать, объясню по дороге. Ты в туалет не хочешь? - донеслось из коридорной темноты, - а то нам ехать неблизко, к центру города."

"Нет, спасибо, я в порядке."

Через десять минут они ехали в сторону центра Филадельфии. Им нужно было попасть в Городской детский госпиталь. Племянник Грэга находился там. Почему? Грэг не объяснял, но по его лицу и поведению Ника поняла, что что-то серьёзное.

"Сверни на Брод, потом вокруг Сити холла тоже по Брод, повернешь налево на Спурс и до 34-ой улицы."

Через сорок минут они вошли в холл Пэн Стэйт госпиталя.

Грэг узнал информацию о племяннике и поспешил к лифту:

"Подожди меня здесь."

"Да, подожду," - спокойно ответила Ника.

Четырёхлетний Фима попал в госпиталь из-за трагической ошибки медицинского персонала. Переливая кровь, ему занесли инфекцию. Врачи боролись за его жизнь. Грэгу сообщили, что мальчик находится на аппаратах. Ника вспомнила фотографию на журнальном столике, на которой Грэг держал на руках маленького тёмноволосого мальчика и оба они улыбались.

"Наверное, это он," - подумала тогда Ника.

Грэг вернулся через час. Лицо чернее тени. Губы сжаты, глаза провалились. Шёл медленно, держа руки в карманах.

"Эй, я здесь," - окликнула его Ника.

"Домой, поехали домой," - бросил он, направляясь к выходу, не глядя на неё.

Всю дорогу ехали молча. Когда она припарковалась возле его дома, Грэг тихо проронил:

"Ненавижу. Всех ненавижу."

Затем резко открыл дверь и вышел. Ника ничего не поняла, но ей почему-то стало его жалко... Глядя на удаляющуюся фигуру Грэга, моментально приняла решение. В кошельке у неё было сорок долларов наличными: "Значит так, сначала в супермаркет, а потом в русский магазин, и купить что-нибудь к чаю."

Покупки заняли приблизительно час. Когда она вновь оказалась у знакомой двери, то отворила без звонка первую, нижнюю дверь, а потом, поднявшись наверх, - вторую. Грэг стоял у открытого окна, выпуская наружу сладковатый дым. На вошедшую Нику даже не обернулся.

"Есть новости из госпиталя?" - спокойно спросила она, проходя на кухню, таща в руках три пластиковых белых пакета.

Грэг не ответил.

"Значит, нет," - так же спокойно заключила Ника, открыв дверцу невысокого холодильника.

"Хочешь, я тебе омлет приготовлю? С чем ты любишь?"

Он продолжал безучастно смотреть в окно.

Когда дошла очередь до купленного десерта, Ника приоткрыла дверцу шкафа над умывальником и удивилась. Вся нижняя полка была буквально забита шоколадными конфетами.

"Ого, столько сладкого - это не очень полезно: зубы можно посадить и нажить сахарный диабет."

Ответа опять не последовало. Причину его настроения она, вроде, понимала - племянник. А если у него опять проблемы с законом, ведь она так и не знает, каким образом он тогда смог удрать от полиции. Как смог выбраться из парка?

Закончив с продуктами, сказала: "Возьмёшь, что захочешь. Я пошла, заскочу завтра часов в одиннадцать утра. Не против?"

"Лучше к двенадцати," - он послюнявил указательный палец и приложил его к горящей папиросе.

Папироса издала короткий шипящий звук и погасла. Ника поморщилась от въедливого, горелого запаха:

"Фу, что за дрянь ты куришь?"

Грэг присел на диван, положил окурок на край пепельницы и как-то странно посмотрел на Нику, с ног до головы, будто в первый раз её увидел. Та невольно отступила назад, поправила короткую замшевую куртку серого цвета и одёрнула джинсы:

"Я пошла. Пока."

Грэг скривил в улыбке рот и улёгся на диван:

"Ну, пока."

*****

ГЛАВА ПЯТАЯ

Она завела мотор и приспустила боковое стекло. В салон ворвался прохладный воздух. Навстречу ей двигался поток зажжённых фар. Пестрели рекламы уже закрытых бизнесов. Опустевшие здания превращались в потухшие, безжизненные, каменные цепочки с редкими тусклыми проблесками, снующими по тёмным стёклам. Домой она ехала со странным чувством. Что-то непонятное, причём, неожиданное и необъяснимое будоражило её. Она была удивлена переживанию Грэга за малыша, правда, она понимала - племянник. Внутри неё бушевали самые настоящие страсти: то разливалось тепло, то мороз лихорадил всё тело. Въехав на паркинг возле своего дома, взглянула на циферблат часов - начало восьмого. Ника заглушила мотор и посмотрела в сторону своего балкона. Поправила растрёпанные ветром волосы и вышла из машины. В дверях её встретила с загадочным лицом мама.

"Привет, мамуля, как дела? Папа уже приехал?"

"Нет, - мама отступила на шаг, давая ей войти, - а как ты? Опять с подружкой кофе пили?"

"Нет," - Ника сняла демисезонные сапожки на невысоком каблучке и, повесив в стенной шкаф куртку, направилась в свою комнату.

"Есть будешь?"

"Да."

"Сделать тебе омлет с сыром?"

"Было бы здорово," - она заметила, что мама хочет о чём-то её спросить.

Перекусив, они стали чаёвничать. На десерт были её любимые пирожки с вишней.

"Спасибо, мамуля."

"Кушай на здоровье. Как дела у тебя в колледже?"

"Нормально."

"В смысле, как всегда?"

"Ну, в общем, да, а что?"

"Как понять: в общем, да."

Ника откусила лакомый кусочек и, сделав глоток зелёного чая, который был популярным в их семье, внимательно посмотрела на родительницу:

"Мам, ты что-то хочешь спросить?"

"Хочу, - уверенно ответила мама и, приподняв цветастый журнал, под которым лежала визитная карточка, протянула её дочке, - тебе в среду с трёх дня и до четырёх надо быть дома. К тебе придут из полиции."

Ника вытерла салфеткой рот и взглянула на визитку:

"Детектив Майкл Кэмбелл," - прочитала она.

"Кто это? Ты его знаешь?" - мама не сводила с Ники глаз.

"Он же говорил со мной, когда погибла Лиза. Странно…"

"Почему странно, - повторила мама, - если хотят спросить, значит, дело ещё не закончено. Как ты думаешь?"

Ника молча покачала головой:

"Я, мам, даже не знаю, о чём со мной хотят поговорить. Не знаю, чем я им могу помочь."

"А мне, мне ты ничего не хочешь рассказать?"

"Мам, ты чего?"

"А ничего, Ника, просто в последнее время ты говоришь одно, а глаза твои, - она внимательно посмотрела на дочку, повторив, - глаза говорят другое."

"Мам, ну ты выдумаешь, тоже. Что другое?"

"А то, что ты, Ника, на языке одна, а в душе - другая. Глаза - это зеркало души. Ты об этом знаешь?"

"Да, - тихо ответила она, - папа мне всегда так говорил."

"Вот-вот, ты ведь знаешь, что папа тебя никогда не обманывает?"

Ника сложила обе руки у края стола и опустила на них подбородок: "Папуля всегда прав, он…"

Тут со стороны балкона раздался резкий звук, словно кто-то из детей бросил снежок, но сейчас ноябрь и снега ещё нет. Ника вскинула голову, затем встала, подошла посмотреть и застыла… на деревянных балконных перилах сидела… чёрная ворона.

"Что там?" - раздался мамин голос.

Ника не ответила.

"Ты что, не слышишь, Ника?"

"Никого, - тихо произнесла она и вернулась к столу, - мам, спасибо, я пойду к себе."

Мама пожала плечами:

"Иди, - и тут же спросила, - мы с папой завтра на спектакль идём, московский театр на гастроли приехал. Ты с нами?"

"Нет, спасибо, мне к тесту нужно подготовиться."

"Не забудь про среду," - донеслось из кухни.

Ника присела на кровать. Она слышала, как мама убирает со стола чайные чашки, блюдца, ложки, как из крана заструилась вода.

"Чтобы что-то найти, нужно что-то поменять - вспомнила она слова Карины, - что ж, может, завтра записаться в спортивный клуб?"

Идея ей очень понравилась, тем более, в десяти минутах от её дома располагался спортивный центр, где кроме бассейна, можно было посещать занятия по аэробике, йоге и зал тренажеров. Довольная придуманной идеей, после душа быстро заснула и спала почти без снов. Проспала до девяти. Утром, после водных процедур позавтракала. Потом до одиннадцати читала материал, необходимый для теста, затем, облачившись в спортивный костюм, объявила родителям о своей идее.

"Поеду записываться в спортивный клуб," - заявила она маме, засовывая в небольшую спортивную сумку полотенце, запасные ажурные красные трусики и необходимые атрибуты для душа:

мыло, розовую ручную мочалку. Непонятно, почему спешила, даже не посмотрелась в зеркало.

Завела машину, выехала из ворот на улицу Халдеман и поехала… Запарковала машину в знакомом месте, на мгновение замедлила шаг у раскидистого дерева и через считанные секунды без звонка повернула ручку прихожей. Дверь, как и в тот раз, была открыта. Поднявшись по лестнице, с дрожью в коленках остановилась. Ника чувствовала, что её куда-то несёт, в какой-то другой мир, где даже воздух другой - опасный, острый, и, вместе с тем, ей хотелось именно туда. Она облокотилась на деревянный брус дверной коробки, перевела дыхание и уже собиралась постучать, как в комнате громко затрезвонила телефонная трубка. Скрипнул диван, на котором кто-то повернулся, затем последовал скрежет чего-то о поверхность журнального столика, и она услышала его голос:

“Да, - просипел ещё, видимо, не проснувшийся Грэг, - это я. Слушаю.”

Это были его последние слова, сказанные им пусть и со сна, но спокойно. До неё донесся глухой удар босых ног о ворсистый карпет, Грэг спрыгнул с дивана: “Что-о-о-о-о! - взревел он. - Ка-а-а-акк умер!!! Не может быть!!! Почему отключили-и-и-и!!! Не верю-ю-ю!!! А-а-а-а-а!!!”

Затем раздался резкий звук предмета, ударившегося о столик, сразу же за этим послышался треск разлетающихся осколков. Ника отскочила от двери и прижалась к стене. Присев на верхнюю ступеньку и обхватив руками колени, опустила на них голову… Слышно было, как Грэг всем телом грохнулся на диван. После чего из-за двери донеслись нарастающие всхлипывания, перешедшие в громкий плач. Грэг рыдал. Глубоко вздохнув, Ника тихонько стала спускаться вниз. Дома сказала маме, что спортклуб ей понравился, что она обязательно будет его посещать, вот только определится с расписанием в колледже. На этот раз мама осталась довольна:

"Вот и правильно, лучше, чем по подружкам бегать."

"Да, Ника, - замялась мама, словно раздумывая, говорить или нет, - тебе Алекс звонил, спросил, когда ты будешь дома, а сегодня от него и письмо пришло."

"Письмо?"

"В твоей комнате на письменном столе," - ответила мама.

Прежде чем подойти к письменному столу, Ника опустилась на кровать. Рыдания Грэга доносились до неё до сих пор. Зажмурившись, она зажала ладонями свои уши. Сколько так просидела, не помнит. Наконец шум в её голове прекратился. Сквозь приоткрытую оконную занавеску струился зеленовато-серый свет осеннего неба. Конверт она вскрыла только под вечер.

"Здравствуй, Ника.

Извини, что надоедаю тебе, хотя это только второе письмо. Трудно застать тебя дома. Это и понятно, ты занятой человек. Поэтому, если у тебя не будет времени написать мне ответ, что ж, я не в обиде. Твоя мама сказала, что ты и учишься, и работаешь. Молодец. Я тоже потихоньку начинаю восстанавливаться. Подал документы в местный колледж.

Кстати, это довольно престижное заведение. Думаю, что через месяц смогу сам ходить, правда, пока с палочкой. Хотел с тобой посоветоваться, какие предметы лучше брать. Верю, что ты продолжаешь так же отлично учиться. Ты, Ника, очень способная и обязательно добьёшься своей цели. Мне родители подарили собаку, щенка - боксёра. К сожалению, пока он мой единственный друг. Люди вокруг меня присутствуют, но в глазах моих... ты, Ника, и тот день в Атлантик Сити. Ты, Ника, прости, если я говорю что-то лишнее.

Летом я с отцом лечу в Бразилию, нет, не отдыхать. Там живёт известный на весь мир целитель. Я знаю, что оклемаюсь, восстановлюсь, снова начну тренироваться. И ещё, что бы ни случилось, знай, что я молю Всевышнего за тебя, и чтобы Он вновь послал нам встречу.

Ещё раз извини, если что не так.

Удачи тебе во всём.

Алекс"

Ника аккуратно сложила пополам листок, спрятала его в конверт, сунула конверт в ящик стола и, не снимая спортивного костюма, растянулась на кровати поверх одеяла. Письмо принесло с собой тепло, но...

*****

ГЛАВА ШЕСТАЯ

С понедельника зарядили запоздалые осенние дожди. По ночам бился в окна холодный пронизывающий ветер. Ещё неделька, и осень передаст права зиме. Дождей станет меньше, а вот снег, наверное, как и в прошлую зиму, нарушит городской покой только в конце января. Американский народ готовился встречать День Благодарения, который будет в этот четверг, завтра. Занятия в колледже закончились в три, потом Ника провела час в библиотеке и поехала в офис, на подработку. Два раза заезжала на Лоретто, но там никого не застала. У неё на работе сотрудники обсуждали ошибку врачей, повлёкшую за собой смерть четырёхлетнего мальчика. Ника всё поняла. Вспомнила себя на лестничных ступеньках, привалившись к холодной стене, изредка поглядывающей на дверь, за которой раздавался громкий плач. Там, за дверью, бился в слезах человек, ей незнакомый, живущий неприемлемой для неё жизнью. Но вот беда, в ней вдруг стало что-то шевелиться в эту неприятную, незнакомую сторону. Объяснить она не могла, просто заглушала непонятное чувство, переключаясь на учёбу, Алекса, маму с папой, и даже на Лену. А после разговора с Кэмбеллом пребывала в совершенно странном состоянии.

Если Грэг не виноват, почему нужно его ненавидеть. Лизу он не убивал. О Нике полицейский знал практически все. Она умолчала лишь о том, что, когда Лиза первый раз пропала, то встречалась с Грэгом. Но в момент убийства тот был в тюрьме.

"Я его допрашивал, алиби у него железное, - согласился детектив, - показывал ему фотографии. Лизу он узнал, но... увы. У нас нет никаких доказательств его вины. Скажу больше, мы нашли двоих парней, которые могли быть и, наверное, были убийцами вашей подруги, но проблема, кто-то нас опередил. Когда мы их нашли, они уже были готовые."

"Как это "готовые"?"

"Это значит, мёртвые."

"Их кто-то убил?" - спросила Ника.

"Отравил. А вот кто? Вы не знаете?"

Она покачала головой. Полицейский разложил на столе фотографии: "Кого-нибудь узнате или где-нибудь видели?"

Медленно пройдясь по смотрящим на неё лицам, Ника тихо прошептала: "Нет. Никого."

Она сказала неправду. Кэмбелл уловил это моментально. На фотографиях был друг Карины - Эрик, а также рыжеволосая девчонка, подруга Грэга. Фото, где на рельсах лежала убитая Лиза, сразу же отодвинула в сторону. Ужас. Детектив собрал фотографии и сунул их в широкий жёлтый пакет, а пакет в чёрную узкую папку. На столе осталась одна фотография.

"Скажу лишь одно, - продолжил Кэмбелл, - не советую вам находиться рядом с этим парнем. Мы его всё равно рано или поздно определим на долгий срок, а вот другие только за одно то, что были рядом, - полицейский сделал умышленную паузу, - также сядут в тюрьму. Он опасный, очень опасный, в особенности для девчонок. Так мне кажется."

Ника пожала плечами. Уходя, детектив добавил:

"Почему я, собственно, к вам пришёл, а не вызвал вас в участок. Уверен, что вы его знаете, более того, были с ним в тот вечер рядом с парком, где вас оштрафовали за неправильную парковку. Помните? Но он соскочил. Повезло."

Стул под Никой приклеился к её спортивным штанам. Она не знала, что ответить, но нашла в себе силы стойко промолчать.

"Парень этот наркоман со стажем," - продолжил Кэмбелл, - а наркоманы вчерашними не бывают, у них своё, только им понятное правило в жизни. Если ему нужно будет о кого-то вытереть ноги, то он даже не задумается. Вот вам моя визитная карточка. Надумаете, позвоните. Может, и вспомните о чём-то или кого-то. Договорились?"

"Да," - тихо, не поднимая глаз, ответила Ника.

На том их разговор и завершился. Перед тем как пойти спать, Ника долго стояла возле окна. Чёрное небо посерело, стало похоже на грязную могильную плиту. Засверкали молнии. Поднявшийся ветер со свистом облизывал корпуса домов. Закачались деревья, затрепетала на них оставшаяся листва. На дребезжащем стекле Ника вдруг увидела ту фотографию, которую отложила в сторону: на рельсах в неестественной позе лежала... Лиза. Руки её были раскиданы в стороны и преломлены в локтях, будто она подавала кому-то сигнал бедствия - SOS! Лиза звала на помощь. Ее душа кричала - SOS!!!! Ника закрыла лицо руками. Треск и отблеск молний прекратился. Их сменил долгий гул и затихающий грохот, убегающий за горизонт. Тишина. Но буквально через минуту на землю обрушился водный поток. Бесконечные тонкие струйки засеменили по стеклу. Отойдя от окна, она юркнула в кровать, натянув до подбородка одеяло. Ей действительно стало страшно, и первый, о ком Ника подумала, был... Алекс. Странно? Скорее, нет. Ведь завтра их день - День Благодарения.

Вернее, первый её женский день. Безусловно, Ника была полна благодарности к Алексу. Умный, мужественный парень. Борется за жизнь. И, она уверена, победит. Обязательно победит. Он личность. Сильная личность. Наутро проснулась с одной мыслью - как избавиться от дурости в своей голове. Заверила маму, что обязательно вечером будет дома. Из Нью - Йорка приехал папа. Вся семья была в сборе. Днём заставила себя позвонить Алексу. Разговор получился очень тёплый и хороший. Рассказывал о своей собаке, о том, что сейчас читает. Ни слова о травме. Когда разговор подходил к концу, она всё же нашла в себе силы: "Алекс."

"Да."

"Алекс, спасибо тебе..."

"За что, Ника?"

"За то, - она запнулась, её губы слегка задрожали, - спасибо тебе за то, что ты есть. Береги себя, Алекс."

Повесив трубку, тихо, чтобы никто не услышал, разрыдалась, упав на подушку. Под вечер, вернувшись из офиса, решила прогуляться к бассейну. Грэга она узнала сразу. И даже подошла к его новой машине, только вот он на неё никакого внимания и не обратил. Посмотрел как сквозь стенку, без эмоций. Докурил сигарету, пока кто-то из его новых курьеров продавал у дерева маленькие полиэтиленовые пакетики.

Минут через десять он выбросил окурок, высунулся из машины, свистнул, забрал какого-то длинноволосого парня и уехал. Нику такое отношение явно озадачило, хотя …

"Что ж, может, это и к лучшему, - решила она, пока обходила круг между корпусами, - что я знаю? О чём можно рассказать в полиции. Что я видела, как Лиза садилась в машину Грэга, что имела с ним какие-то дела (вспомнила передачу спортивной сумки). Но ведь в день убийства тот был в тюрьме…"

Подходя к своему дому, Ника успокаивала себя одной фразой: "… может, это и к лучшему, может, и к лучшему…"

Грэг позвонил через пять дней.

"Что, нужна машина?" - стараясь не выдать волнение, спросила Ника.

"И да, и нет. Будет время, заезжай," - сказал и, не дожидаясь ответа, повесил трубку.

Ника зло выключила мобильный телефон. Но внутри неё злости… не было.

*****

ГЛАВА СЕДЬМАЯ

*Т*рэг лежал на диване положив под голову подушку и сверлил заспанным взглядом потолок. Нос его заострился, щёки впали, а под водянистыми глазами были мешки. Сухие губы и неестественно выпирающий кадык говорили о сильной усталости, неспокойной ночи или проще, о плохом состоянии. Хорошо, хоть оконная створка, выгоняющая тошнотворный запах сигарет и горелого кофе, была открыта. На вошедшую Нику внимания пока не обращал. Та с минуту помялась в дверях, но потом, вспомнив что-то, быстро вошла и плюхнулась в кресло, держа в руке покет со свежим хлебом: "Куда едем?" - застёгивая под горло кожаную куртку, поёжилась Ника.

В ответ молчание. Окинув комнату, она прошла на кухню. Залитая чем-то плита. "Может, сварил кофе."

На кухонном столе стояла недопитая розовая фарфоровая чашка, а на плите небольшой конусообразный кофейник, весь в коричневых подтёках. Она открыла холодильник. Так и есть, раскрытой была только упаковка голландского сыра, а колбаса, сосиски, творог, сметана, яйца и пельмени в морозилке были не тронуты. В буфете над плитой, также в целости, лежали пачка московского печенья и упаковка зелёного чая. Словом, все те продукты, которые она и купила десять дней назад. Вытащив на стол хлеб, Ника вернулась в кресло: "Хочешь чаю?"

Грэг скрестил руки на худой груди и молча пожал плечами. Теперь его взгляд упирался в стенку. Ника подошла к окну, прикрыла, скинула на кресло куртку и пошла искать посуду для воды. Чайника у него не было. Через пятнадцать минут на журнальном столике появилась тарелка: бутерброды с колбасой, отварное яйцо и две чашки с дымящимся зелёным чаем.

Грэг повёл носом и посмотрел на столик, потом на Нику. Попытался улыбнуться, не получилось. Лишь провёл языком по сухим губам и, накинув на плечи одеяло, спустил босые ноги на пол. Он быстро расправился с бутербродами, сунул в рот целое яйцо и, чашкой в руках, снова улёгся на диван. Ника кушать не хотела, но от чая не отказалась. Так прошло ещё полчаса.

"Вчера было девять дней," - услышала она тихий голос.

Ника нахмурила брови: "Ты о чём?"

"Не о чём, а о ком. Прошло девять дней со дня его смерти."

Ника покраснела, посмотрела на фотографию в рамке, стоящую на столике: "Извини."

Снова наступило молчание.

"Ещё чаю?"

Он покачал головой: "Ему было всего четыре года."

"Это...," - она хотела спросить о степени родства.

"Сын моей сестры. Я у неё после тюрьмы и жил. Отец меня домой не пустил."

"Почему?"

"Не знаю. Хотел, чтобы я сам нашёл какую-нибудь работу."

"И что?"

"А ничто. Какая, к чёрту, работа. На работе можно только горб заработать."

"Наркотики лучше?" - она сняла свои белые кроссовки и закинула ноги на кресло, поджав их под себя, продолжая держать в руках чашку.

Он ответил не сразу:

"Так хоть знаешь, за что рискуешь."

"За что?"

В ответ Грэг лишь скривил уже согретые чаем губы.

"А почему отец не взял тебя в свой бизнес?" - сделав глоток, спросила Ника.

У него поднялись брови: "В его бизнес? Нет, никогда."

"Почему?"

"Ненадёжный я. Ненадёжный."

Ника допила чай и поставила чашку: "Что-нибудь ещё?"

"Нет, спасибо."

От этого последнего его "спасибо" ей вдруг стало неимоверно тепло, как никогда. Она посмотрела в сторону окна. Подошла к хлопающей створке, закрыла её плотней. На дереве под окном ещё сохранилась пожелтевшая листва, а по веткам прыгали белки в поисках чего-нибудь погрызть или просто играли, чтобы не замёрзнуть. Непонятно что, непонятно как, но с Никой что-то происходило. Может, от того, что он её поблагодарил без язвительных намёков. Она почувствовала в нём внутреннюю слабость, от которой хотелось его уберечь. Словно в нём было что-то беспомощное, одинокое, и ей хотелось прийти ему на помощь. Может никто его не понимал, а ведь это нужно любому человеку, даже преступнику. Может, от него отвернулись родители. Друзья. К сожалению, она не была уверена, есть ли у него друзья. А может, он совсем и не такой. Не такой плохой. Может, ему и поговорить-то не с кем… Повернувшись, она слегка дотронулась тонкими пальцами до его тёмно-русой шевелюры. Затем, запустив туда всю ладонь, опустилась рядом с ним на диван: "Ты…," - всё, что успела она сказать.

Он прижал к её губам свой указательный палец, потом обхватил за плечи и… поцеловал. Поцелуй был долгим. Ника не сопротивлялась. Затем он притянул её к себе. Тонкий салатовый свитер снялся вместе с лифчиком. Упругие белые груди коснулись его лица. Уже тёплыми губами он поймал её розовый сосок. Ника тихо вскрикнула, но не от боли. Его длинные костистые руки скользнули по её бёдрам. Упали на пол синие джинсы. Ника не слышала своих вздохов и стонов, улетев в далёкую розовую страну, как и год назад. Она в первый раз не ночевала дома. Её мобильный телефон был выключен.

*****

ГЛАВА ВОСЬМАЯ

"*Ты* должна всё рассказать. Кто он?" - спросила мама.

Ника потупила взор.

"Я тебе не враг, Ника, как женщина, я тебя смогу понять. Но я должна знать, с кем ты дружишь. Кто он?" - повторила родительница свой вопрос.

"Его зовут Грэг," - тихо выдавила она из себя.

"Ну, и дальше."

Ника пожала плечами, ведь говорить-то ей, действительно, было нечего.

"А ты предохранялась?"

"Мама, ну, ты что…"

"Ты нам с папой хочешь кого-нибудь родить?"

Ника покраснела. В субботу она привела Грэга на смотрины к себе домой. Что ж, тот не понравился ни маме, ни папе.

"Он не искренен," - заключила мама.

Папа был более конкретен:

"Я ему не верю, и, по-моему, он дружит с проблемами."

Можно ли было согласиться с родителями? Безусловно. Но мнение самых близких людей Ника не слышала. Почти каждый день она заезжала к Грэгу, а в субботу оставалась до утра. На её занятиях новый жизненный виток никак не отразился, а даже наоборот. Она училась довольно успешно, и дома у неё было всё тихо. Папа звонил ей каждый день из Нью-Йорка, поскольку по субботам и воскресеньям она отсутствовала.

"Думай о будущем, Ника. Ты девушка неглупая, должна понимать, что ненадёжные люди порождают вокруг себя ненадёжные ситуации. Детей заводить с такими опасно."

Если после Алекса она осталась в душе той же невинной девчонкой, краснеющей даже от намёка на интимные отношения, то теперь в ней проснулись и любовь, и желание сделать что-то для этого человека, который стал меняться в её глазах. Она подумала, что, может, он перестал заниматься плохими вещами. А раз так, сделала она вывод, значит, с деньгами у него может быть проблема. На своей подработке Ника получала сто пятьдесят долларов в неделю, иногда на двадцать долларов больше. Продукты, холодильник, кухня, готовка, уборка квартиры - всё это было в её руках. Себе оставляла деньги только на бензин. Сюрпризы начались через три недели, когда прошло сорок дней со дня смерти четырёхлетнего племянника.

"Сегодня и завтра не приезжай, - сказал наутро Грэг, это была суббота, - я сегодня иду на кладбище и после кладбища хочу побыть один. О-кей?"

"О-Кей," - ответила Ника и, поцеловав, уехала домой.

Она знала, что такое наркотики и что это плохо. Но какие и как плохо, и что происходит с людьми, принимающими их, даже не имела представления. Вот почему, придя к нему через два дня и увидев Грэга, сидевшего в кресле со стеклянными глазами, подумала, что у него просто плохое настроение. Ведь не каждый же день умирают родные люди. Повесив куртку на вешалку у двери, Ника прошла на кухню, где, как обычно, было набросано на столе и опять чем-то залита плита. Она вздохнула и на секунду заглянула в комнату. Теперь он сидел, опустив голову, подбородком упираясь в грудь и сомкнув руки между ног. Ника решила, что спит. Быстро прибрала на кухне с помощью "Фантастик" и бумажного полотенца, поставила на плиту купленный ею чайник, открыла холодильник и замерла, услышала какие-то непонятные звуки. Чувствуя тревогу, медленно прикрыла выпуклую белую дверцу холодильника, сделала пару шагов в сторону и заглянула в комнату. Грэг завалился спиной назад с раскинутыми в стороны руками. Его заострённый нос смотрел в потолок, глаза… глаз не было. На их месте появились белые кругляшки - бельмо. А из его груди пытался вырваться еле слышный хриплый присвист. Её губы затряслись: "Грэг! Грэг!!" - закричала Ника.

Она подбежала к нему, постаралась вернуть его голову и руки в прежнее положение. Получилось, но голову нужно было поддерживать. Она опустила немного вниз его тело, так, чтобы не западала голова, и поспешила к своей куртке, где во внутреннем кармане лежал мобильный телефон. «Скорая помощь» приехала через пятнадцать минут.

"Можно с вами?" - спросила она у одного из молодых парней, задвигающих каталку с Грэгом в машину.

"Можно, только на своём транспорте."

"А куда ехать?"

"В Холли Редимер госпиталь. Знаешь?"

"Нет."

"Поезжай по улице Роун минут пятнадцать, никуда не сворачивай, там по левой стороне увидишь."

Она быстро возвратилась в уже пустую квартиру. Нужно было прибрать, захватить его кроссовки, найти ключи, закрыть апартмент и ехать. Кроссовки Грэга сунула в мешок, поправила две велюровые подушки на диване, одна неожиданно упала на пол. Ника нагнулась, чтобы поднять и… Под журнальным столиком что-то лежало. Это оказался небольшой шприц, какой она иногда видела у мамы, работающей медсестрой в организации по обслуживанию на дому пожилых людей.

"Для диабетиков," - объясняла мама.

"У Грэга диабет?"

В его куртке, помимо ключей, нашла маленькую записную книжку. Да, некрасиво, но она решила взять. Может, кому-нибудь нужно позвонить. В больничном покое Ника ждала около двух часов, пока к ней вышел мужчина - врач, лет сорока - сорока пяти: "Кто вы ему? Родственница?"

"Нет. Подруга."

"И как давно?"

"Что давно?"

"Как давно вы ему подруга?"

Ника постаралась справиться с волнением:

"Ну, полгода. А что? У него диабет?"

Врач отвёл её к окну: "Сколько вам лет?"

"Это важно?"

Мужчина в белом халате посмотрел на часы:

"Ваш друг, - он сделал паузу, повторив, - ваш друг наркоман. Вы что, этого не знали?"

Нику резанули эти слова, потому что она их уже от кого-то слышала: "Не-ет, - выдавила она почти шёпотом и спросила, - а он будет жить?"

"Да, будет, но после госпиталя ему нужен реабилитационный центр. Слышали о таких?"

Ника покачала головой:

"Нет, но я узнаю. Сколько он пробудет в госпитале? И когда я смогу его увидеть?"

"Завтра переведут в палату. А в какую палату, узнать можете по телефону."

Думаю, завтра или послезавтра его выпишут.

"Спасибо. До свидания."

Врач кивнул и скрылся за широкими светло-коричневыми дверями. Реабилитационный центр находился в Бенсалем, недалеко от местной школы. С деньгами была проблема. За рехаб нужно было платить. Где достать полторы тысячи долларов, она не имела представления, но деньги были нужны, и срочно. Завтра Грэга должны были выписать. Начала она с записной книжки. Нашла телефон его сестры Нелли, но звонить не решилась. Впервые она оказалась в подобной ситуации. От принятого решения ей стало не по себе. Она бросила книжку с телефонами на свой письменный стол:

"Нельзя. А что тогда делать? Что?"

Дома Ника была одна. Словно в тумане, подошла она к спальне родителей. Медленно открыла дверь. Затем быстро подошла к шкатулке на мамином трюмо. Открыла и достала маленький ключик. Она знала, что открыть и где, и что может там быть. Не раз она наблюдала, как мама прятала в красивую шкатулку свои драгоценности. Помимо украшений, Ника нашла конверт. Пять тысяч долларов внутри.

"Мне нужно только полторы тысячи. Извини, мама."

Это извинение было единственным успокоением для неё.

В трёхэтажное хмурое здание её не пустили. Сказали, чтобы приходила через неделю, когда закончится курс реабилитации. Ни звонков, ни общений. Кроме телефона Нелли, она запомнила ещё пару имён: Эрик и Джесс. Эрик - это, видимо, друг Карины, а вот кто такой Джесс, она не знала, но телефон почему-то переписала к себе. И ещё, что её поразило, из книжки была вырвана страница с буквой "Л". Вырвана полностью.

*****

ГЛАВА ДЕВЯТАЯ

Чтобы как-то отвлечься от вынужденного расставания с Грэгом, она вновь серьёзно принялась за учёбу. Все четыре предмета давались ей легко и с удовольствием. Но как только она откладывала учебники в сторону, в её голове моментально всплывала одна мысль - во что бы то ни стало помочь ему. Ника просто светилась от счастья, что помимо мамы и папы, она кому-то стала нужна. Она уже сделала дубликат двух ключей от входной двери с улицы и непосредственно от его квартиры.

"Ему нужна чистота и уют," - так она решила.

Грэга выписывали через два дня. Ника съехала с автострады (95-ой) на Каттман авеню. Спустя пятнадцать минут она припарковалась у знакомого дерева, на котором ещё кое-где колыхались тёмно-коричневые листья. Волновалась ли она, открывая чужую дверь, ступая по чужой лестнице, заходя в чужую квартиру? Абсолютно нет. Лишь на пороге на секунду остановилась. Бросила взгляд в сторону журнального столика. Тяжело вздохнула, повесила на вешалку куртку и прошла на кухню. В комнату вернулась с рулоном бумажного полотенца и составом для мойки окон и мебели. На гостиную ушло около часа. Затем она прошла по узкому коридору во вторую небольшую комнату. Там в одиночестве стояла тахта, прислонённая к стене с грязными, потрескавшимися обоями. Подойдя к единственному окну, Ника провела указательным пальцем по подоконнику.

“Да, впечатляет,” - сдунув с пальца пыль, она принялась за уборку.

Через час Ника сидела в кожаном кресле с прикрытыми глазами. Нужно помочь ему устроиться на работу. А что? Они будут работать и будут вместе все вечера, а может, и дни. Сменят эту квартиру и купят новую мебель, и вообще… Ника вдруг почувствовала, что ей очень хочется танцевать. Такого с ней никогда не случалось. Да-да, танцевать и петь. Ни того, ни другого она никогда не делала. Хотя в душе завидовала молодым девчонкам без комплексов, поющим и танцующим. Ника же заполняла этот вакуум походами в библиотеку. Ну а сейчас, поскольку она одна, попробовала в танце вернуться обратно к креслу и даже рассмеялась, свалившись в него. Она повернула голову в сторону, где стоял почти пустой, невысокий стеллаж. Открытая колода карт, знакомый ей серебряный портсигар лежали на второй полке, а на нижней две увесистые папки, полные каких-то листов. Ника взяла верхнюю папку. Это были рисунки - карандаш и акварель. Вот фасад трёхэтажного дома с красивыми, цветастыми клумбами по бокам. В стороне детская площадка. А это портрет племянника с чудными глазками. Рисунок был в карандаше. На другом рисунке, тоже в карандаше, была нарисована девушка с длинными волосами, спадающими на лицо.

"Постой, постой, - Ника поднялась и подошла к окну, так лучше видно, - я её, кажется, узнала. Точно, это она сидела за рулём его машины там, на парковке. Похожа. И глаза, как у голодной кошки. Это она."

Ника перевернула лист. На обратной стороне было написано: Джесс.

"Ах, вот ты кто, Джесс. А я - то думала, что это парень," - она снова повернула лист к себе и по-детски показала язык.

Закрыв папку, взяла другую, в которой листов было поменьше. Лишь только раскрыла, как зазвонил её мобильник. Звонила мама: "Привет, Ника. Ты ещё в колледже?"

"Да-а, а что?" - она отложила листы на столик.

"Потом домой или на работу?"

"Нет, мам, потом домой. Хотела в библиотеку, но чувствую, что проголодалась. Что-то случилось?"

Её посетило лёгкое волнение, неужели обнаружила. Обычно мама заглядывает в шкатулку по субботам.

"Ника."

"Да, мам."

"Пришла распечатка телефонных звонков."

Ника затаила дыхание.

"Кто-то из твоих друзей попал в госпиталь?"

"Нн-нет," - она абсолютно не была готова к этому вопросу.

"А кому ты вызывала «Скорую помощь»?"

"Я?"

"Да, ты, Ника."

"Я, мам… я случайно, там, у магазина человеку стало плохо."

"Какому человеку?"

"Я его не знаю. Какой-то мужчина. Сердце."

"А тогда зачем ты на следующий день звонила в госпиталь?"

"Ну, это… ну, хотела узнать…"

"Ника, когда ты будешь дома?"

"Скоро, мам, если не будет пробок на 95-ой, то к пяти."

"Ладно, поговорим дома. Целую. Смотри, аккуратней."

"Спасибо, мам. Целую. Уфф – ф."

Она прилегла на диван, прижавшись щекой к велюровой подушке, обняла её руками и, поводив по ней носом, …поцеловала. Разговор с мамой моментально забылся и растворился в неожиданной теплоте, разлившейся по всему её телу. Ника свернулась калачиком, прикрыв глаза, боясь потерять картинки их первой сумасшедшей ночи. Она почувствовала, как наливаются груди, как защекотало внизу живота. Ника, мурлыча, сунула обе ладошки между сведёнными бёдрами. Разговор с родителями можно пережить. Главное, чтобы Грэг изменился. И она постарается во всём ему помочь. Во всём. Открыв глаза, поняла, что уже сидит на диване:

"Ага, вот и вторая папка. Посмотрим, что здесь."

Раскрыв, удивилась. В ней было много рисунков, но тема почему-то одна - оружие. Пистолеты, автоматы, ножи и какие-то палки, копья, мечи, звёздочки. Ей это быстро надоело. Ника встала, решив вернуть папку на место. Сделав два шага, споткнулась о ножку кресла и чуть не упала, но папка из её рук выпала, и листы рассыпались. Пол стал похож на оружейную лавку, только в картинках. Один лист перевернулся в воздухе и спланировал прямо ей под ноги. Ника бросила на него взгляд.

"Что это?" - она быстро наклонилась и подняла листок, упавший у её ног, на котором было изображено совсем другое, - это же..., - она зажала ладонью рот, чтобы не вскрикнуть, "заросший кустарником мост, внизу рельсы, а на них..."

Нику затрясло, и листок выпал из её рук.

"Как он мог так нарисовать, ведь... Лиза, - она до боли закусила губы, - хотя полицейский сказал, что показывал Грэгу фотографии, когда допрашивал его в тюрьме."

Она опустилась в кресло и не смогла сдержать слёз. Сколько просидела так, не помнит. Пошла в ванную, которую тоже привела в порядок, вымыла лицо и на секунду посмотрелась в зеркало: "Лиза, - промолвили её губы, - почему так получилось? Почему ты не взяла меня с собой?"

Вернув последнюю папку на полку, поправила на диване подушку и направилась к вешалке. Застегнув молнию на своей куртке и закрыв дверь, вышла. На улице было темно, ветрено и прохладно.

*****

ГЛАВА ДЕСЯТАЯ

*С*транно, но мама своё обещание не сдержала. Никакого разговора с ней не было. Мама поцеловала Нику, придя с работы. Спросила ещё раз про колледж и предложила вместе поужинать. Когда на столе появился десерт и две чашки бразильского кофе, так, между прочим, поинтересовалась, мол, звонил ли ей Алекс, или она ему. Ника не ответила. Но мама не сдавалась: "А когда у него день рождения?"

"У кого?"

"У Алекса."

Ника поджала губы:

"По-моему, летом. Я точно не…"

"А надо бы знать. Сама знаешь, как ему сейчас."

"Хорошо, мам, я позвоню и узнаю."

"Когда?" - вздохнула мама.

"Да хоть прямо сейчас."

"Было бы неплохо. Передай от нас с папой привет. Не забудь."

"Так папа же в Нью-Йорке," - Ника стояла у двери в свою комнату.

"Ну и что, я знаю, что он так бы сказал," - мама включила воду, собираясь мыть посуду. Это её всегда успокаивало.

Закрывшись, Ника долго сидела на кровати, ожидая маминого допроса о вызове «Скорой помощи». Но из кухни доносился лишь шум воды из крана и перезвон вымытых вилок и ложек.

"Нет, я должна сказать. Я так больше не могу. Не могу."

Резко встав, Ника вышла на кухню:

"Мам, можно поговорить?"

Мама выключила кран:

"Да, конечно, - она вытерла о полотенце руки, - конечно, можно. Ты ему звонила?"

"Нет, - быстро ответила Ника, - я, мам, о другом. Я… я… ты меня прости, но у меня…"

"Присядь, - мама опустилась на стул, - ну?"

"Мам, я у тебя взяла деньги. Полторы тысячи."

Мама нахмурила брови:

"Зачем?"

И тут Ника без слёз обо всём рассказала. Что это для Грэга. Раньше он принимал наркотики, теперь хочет от этого излечиться. Она об этом и не знала, но в тот день он сорвался из-за смерти своего любимого племянника. Для него и вызывала «Скорую помощь», и ходила к нему в госпиталь. Очень хочет ему помочь и…

"Ты его любишь?" - вопрос был в лоб.

Ника опустила глаза:

"Мам, он выйдет из рехаба и устроится на работу. Я тоже буду работать, но не три дня, а все дни. И я верну деньги."

"Ты думаешь, что он больше не будет принимать эту гадость?"

Ника пожала плечами: "Постараюсь ему помочь."

"А как же твоя учёба?"

"Возьму перерыв. Так будет лучше."

"Для кого?"

Ника ответила не сразу. Поправила тонкий шерстяной свитер и глубоко вздохнула: "Для нас, мама, для меня и для…"

"Для Грэга," - помогла ей мама.

Ника кивнула: "Ему нужна помощь."

"А что он умеет делать, кроме как…"

Ей стало обидно, но виду она не подала:

"Он хорошо рисует. С компьютерами дружит."

"Может по компьютерной графике работать," - выдумала она.

"Ты же мечтала быстрее закончить эти четыре курса и поступить в юридическую школу."

"Я так и сделаю, мама, вот увидишь. Ты знаешь, если я что-то решу, то обязательно добьюсь. Перерыв всего-то на шесть месяцев. Что может измениться за это время?"

"Жизнь, - выстрелила громко мама, - жизнь может измениться, дорогая моя. Твоя жизнь."

Сказано было настолько искренне, от всей глубины материнского сердца, что Нику это кольнуло. Она хотела успокоить маму, но решила промолчать, хотя понимала, что мама во многом права. Тем более, ей сейчас совсем не легко, она просила папу найти работу здесь, рядом с домом, но в Нью-Йорке хорошо платили. Такой зарплаты в Филадельфии он не найдёт. У родителей чуть дело не дошло до развода.

"Нервы, это у мамы нервы," - говорил папа.

Через два дня заканчивался рехаб у Грэга. Ника заполнила холодильник свежими продуктами, соками, пополнила запас зелёного чая, бразильского кофе. Купила в магазине чистое постельное бельё, пижаму с домашними тапочками и четыре банных полотенца, по два каждому: ей и ему. Из русского магазина прихватила суп с фрикадельками и... букет белых гвоздик. Ей показалось, что Грэг вернулся другим. Правда, всё, что она делала, его немного удивляло, но он ничему не противился. Хотя с настроением у него была проблема. Было видно, что он о чём-то хотел с ней поговорить. После плотного домашнего обеда он поправил синие в белую клеточку пижамные штаны и, присев на диван, посмотрел на Нику:

"Спасибо."

"За что?"

"А за всё. Спасибо, что ты такая."

"Какая?"

"Ну, такая."

"И тебе спасибо," - ответила она, допивая апельсиновый сок.

"Хмм-м, - он загадочно покачал головой, - не думаю. Меня-то как раз благодарить не за что."

"Почему?"

"Не знаю, но просто не за что."

"А я знаю, - улыбнулась Ника, - ты же не хочешь больше попадать в госпиталь. Верно?"

Грэг долго молчал: "Не в том дело."

"В чём?"

Грэг задумался. Может, пытался убедить себя рассказать ей то, о чём никому никогда не рассказывал. Но сегодня дал слабинку. Потому что кроме Ники, говорить-то было абсолютно не с кем.

"Я должен деньги. И их надо отдать в ближайший месяц. А это…"

"Хорошо, отдадим, мы же будем …"

"Не перебивай."

"Извини."

"С работой, о которой ты думаешь, не отдашь никогда. Помнишь тот случай в парке? Тебя тогда тоже остановили. Но ты молодец. Они тебе поверили?"

"Не очень. Отпустили, но штраф выписали."

"Мне пришлось удирать. По дороге я выбросил в озеро пакет, цена которому тридцать тысяч, и выбросил пистолет. Со всем этим меня, если бы поймали, упаковали бы в тюрьму надолго. Половину денег я сразу отдал. А остальные…"

"Сколько? Ах, да, столько же," - Ника нахмурила брови.

"Столько же, - повторил он, - пятнадцать тысяч."

У Ники пересохло в горле. В руках таких денег у неё никогда не было. А тем более, откуда их взять, она и понятия не имела.

Рассчитывала на свою теперешнюю зарплату в сто двадцать долларов, которую хотела повысить за счёт увеличения рабочих дней и часов. Этого хватило бы только на продукты, может, осталось бы и на оплату за квартиру, но не больше.

“Я понимаю, о чём ты думаешь, - начал Грэг, - может быть, я тоже хотел бы завязать с прошлым и жить нормально, но...”

“Правда?” - она подняла на него радостные глаза.

“Но долг, - продолжил он, - есть долг, и люди не будут ждать, потому что долг нужно отдавать. И чем быстрее, тем лучше для меня.”

Ника водила указательным пальцем по плотной поверхности своих голубых джинсов:

“Но как? Такие деньги. Где же их можно достать?”

“Можно,” - моментально ответил Грэг, будто ждал от неё этого вопроса.

“Если ты хочешь со всем этим покончить, то я готова помогать тебе.”

Он криво ухмыльнулся. Ника в сердцах опустила плечи:

“А твои родители, твой папа. Он не может…”

“Нет, - резко оборвал Грэг, - на адвокатов, да, а на мои дела - никогда.”

“Хорошо, что ты решил?”

“Дай мне твой мобильник.”

Она встала с кресла, подошла к куртке и вытащила из внутреннего кармана мобильный телефон.

"Побудь здесь, мне надо поговорить," - он прошёл по коридору в маленькую комнату.

Ника не старалась прислушиваться, она лишь уловила имя человека, с которым Грэг разговаривал: Санни. Он вернулся через десять минут.

"Ну, что?" - спросила она.

"Будет. Будет работа, но только после нового года, весной. В начале апреля."

"Не раньше?"

"Нет, - протянув ей телефон, Грэг задумчиво повторил, - нет."

"Ну и отлично, до апреля будем жить на мою зарплату. А может, тебе пока куда-нибудь пойти подработать?"

"Куда? Странная ты."

"Я искала по русским газетам."

"По русским?"

"Да, кстати, в редакцию одной из них требуется человек с умением владеть компьютером и знанием английского языка."

"К русским не пойду никогда."

"А почему?"

"Я им не верю. Они всегда обманывают. Говорят одно, а получаешь другое."

Ника покраснела, вспомнив свою подработку в офисе. Вроде к ней относились хорошо, и никто её не обманывал. Грэг это увидел: "Ника, ты не обижайся. Слушай, ты же меня совсем не знаешь. Может, по большому счёту, тебе рядом со мной и находиться нельзя."

Она ничего не ответила, стала убирать со стола. Взяла пустые чашки, блюдца и пошла на кухню, где в раковине уже стояла грязная посуда.

"Наверное, мне надо поехать домой, - решила она, - так будет лучше."

Но как только вышла из кухни и направилась к своей куртке, Грэг подошёл сзади, обнял, поцеловал в открытую шею, поднял на руки, и через секунду они были на диване. Он взял её без слов. Так, как поступал всегда. Притянул к себе, раздел и... взял. Ну, а Ника... была готова. Может быть, не в ту самую минуту, но его поведение её не смутило. Она моментально растаяла в его объятиях и ответила той лаской, на которую была способна. И лишь потом, когда Грэг заснул, потихоньку высвободилась из его объятий. Встала, приняла душ, оделась и, не включая свет, закрыла за собой входную дверь.

*****

ГЛАВА ОДИННАДЦАТАЯ

C каждым днём становилось прохладней, но в Никиной душе зарождалось тепло. До работы, предложенной Грэгу в апреле, нужно было прожить три зимних месяца - перезимовать. И что интересно, он стал прислушиваться к её словам и устроился на работу в газету. Дизайн реклам, которые он выдавал на компьютере, устраивали хозяев. Ника в свою очередь поговорила с менеджером на своей работе, рассказав о своих планах на ближайшие полгода, и менеджер обещала подумать. Перед новогодней ночью они поздравили её родителей. Принесли огромный букет чайных роз и бутылку шампанского. Родители не остались в долгу. Папа тайно подсунул ей конверт, в котором она нашла пять сотен зелёных купюр.

"Береги себя, Ника," - шепнул папа.

А мама подарила красивый набор дорогой косметики:

"Ника, запомни, что мы с папой твои самые преданные друзья. Мы тебя очень любим, и ничего не скрывай от нас."

Расстались с улыбками, и они с Грэгом поспешили на улицу Лоретто - Ника переехала к нему. Там их ждала новогодняя ёлка и украшенный Никой праздничный стол. Зарабатывали они немного, но на продукты, быт и оплату счетов хватало. Теперь после работы и совместного ужина они смотрели кино по новому телевизору, потом предавались ласкам до седьмого пота, до дрожи в коленках. Это было так здорово. Она летала в облаках, считая, что уже многое знает в этой жизни, а что не знает - научится. Оставаясь одна, пыталась строить планы на будущее. Но в начале марта Грэг получил какое-то письмо. От кого оно и что было в письме, Ника узнать не смогла - письмо вскоре исчезло. Неожиданно появившись, так же неожиданно и пропало. Грэг же после этого письма, к сожалению, изменился. Часто замыкался или просто молчал, сверля пустыми глазами то стенку, то потолок, то завешанное новыми шторами окно. И ещё, в чём она не хотела себе признаваться, он стал с ней намного прохладней и грубее. К такой мгновенной перемене она не была готова. Прийдя как-то раньше с работы, она застала его дома: "Ты плохо себя чувствуешь?"

Он не ответил.

"Грэг, что-то случилось? Ты был на работе?"

"Я больше не хочу работать. Устал."

Ника понимала, что-то случилось. Но вера в то, что он сможет измениться, не покидала её: "Нужно время, нужно время. И я должна быть рядом, - успокаивала она себя, уходя на кухню, чтобы помыть посуду, - а может, он готовится к той работе."

Она путалась в догадках, придумывая разные оправдания его поведению. И мечтала, оставаясь одна, мечтала. О чём? Да о том, о чём мечтает любая молодая женщина: о словах любви, о том, что она единственная, о цветах, в конце концов. Но, к сожалению, не было ничего: ни слов, ни цветов. Дни становились короче, а ночи длиннее. Однажды он не пришёл ночевать. Явился под утро. Скинув кроссовки, ушёл по коридору в маленькую комнату, не раздеваясь, плюхнулся на голую тахту и громко прокричал: "Ненавижу!!!"

Наутро Ника узнала, что он продал свою машину:

"Нужны деньги," - ответил он на её вопрос.

Выглядел ужасно, будто всю ночь пил крепкие напитки. Но поскольку Грэг не любил спиртное, она сделала другой вывод.

"Неужели опять," - с ужасом подумала она.

Выспавшись, он вроде стал нормальным. Они позавтракали.

"Омлеты ты делать умеешь, - сказал Грэг, растянувшись на диване, - ты не сердись, нужно было продать машину. Не хотел тебя в это впутывать, тем более ты была на работе."

Ника, затаив дыхание, слушала. Грэг встал, прошёлся по комнате, остановился возле стеллажей, мельком взглянул на аккуратно сложенные папки с рисунками. Протянул руку, чтобы дотронуться, но передумал:

"Что ты делаешь завтра?" - повернулся он к ней.

Странный вопрос, завтра она работает, и он это знает.

"А что?"

"Мне нужно, чтобы ты съездила в Бенсалем. Помнишь, мы с тобой были там один раз?"

"Где ты купил кожаную куртку?"

"Да, помнишь?"

"Ну, так себе…"

Грэг посмотрел на ручные часы и встал у окна.

"Ага, ещё одна новинка," - отметила про себя Ника, поскольку часы, как он ей объяснил, потерял тогда же в парке.

Воскресный день подходил к концу, никаких планов на вечер у них не было, но тут.

"Пошли, сходим в кино," - вдруг предложил он.

Она улыбнулась в душе, подумав про себя: "Может, я просто сгущаю краски. Может, ничего страшного и не произошло."

Посмотрели боевик с участием какого-то китайского кунгфуиста Джет Ли, фильм назывался "Поцелуй Дракона". В машине он спросил: "Так ты завтра…"

"Работаю, Грэг," - перебила она его.

"Тогда поехали сейчас."

"Сейчас?"

"Ну да, зато завтра не надо будет. А сегодня я подстрахую."

"Зачем меня страховать?" - Ника повернула ключ в замке зажигания, машина заурчала, фыркнула и затарахтел мотор.

"Масло. Надо масло менять," - между прочим сказал Грэг.

"Спасибо," - ответила Ника.

"Мне сейчас нельзя светиться, не спрашивай, почему."

"Ты это к чему?"

"К тому, что я подожду тебя в машине. А в квартиру ты пойдёшь сама."

"И что я скажу?"

"Спросишь Криса, скажешь, что ты от меня и добавишь: "Как всегда".

"И всё?"

"Да, и всё. Только не забудь сказать "Как всегда". И передашь вот это," - он дал ей конверт.

Крис оказался африканцем среднего роста, обритый наголо, с большими карими глазами. Окинув её с ног до головы, скривил пухлые губы в непонятной ухмылке, пропустил в комнату, поправил на крепкой груди массивный золотой крест и ушёл в другую комнату. Комната, где была Ника, была размером с их гостиную, в ней тоже стоял мягкий уголок, только из чёрной кожи: диван и два кресла. Возле дивана на пол был брошен светло-коричневый ковёр с орнаментом непонятной маски туземцев, какие Ника видела в период школьных походов в городской музей. Между креслом и диваном горел торшер с зелёным колпаком, от чего вся комната была в зелёном полумраке. У стены расположился телевизор с широким экраном и работающий магнитофон, из которого доносился популярный рэп. Рэп ей не нравился. Появился Крис, протянул ей бумажный кулёк, она, в свою очередь, - бумажный конверт.

"А ты ничего, как тебя зовут?"

"Никак," - уже в дверях бросила она.

"Ну, пока, "Никак", если чего надо, заходи."

Ника не ответила, просто захлопнула дверь.

*****

ГЛАВА ДВЕНАДЦАТАЯ

Cошёл снег, но погода держалась ещё прохладной. Частыми были ветры и дожди, особенно по ночам. Раньше она не обращала внимания на его необременённое мышцами худое тело. Ей всегда было тепло рядом с ним, но сейчас она чувствовала его выпирающие рёбра и, конечно же, кости длинных рук. На работе пыталась советоваться с Леной, как лучше сохранить любимого мужчину. Лена знала много, приводила кучу примеров, но в конце разговора как-то вдруг поникла и будто сама себе призналась:

"Если будешь думать, что хорошо готовишь, то найдётся кто-то, кто готовит лучше. Если в постели с ним, как девочка по вызову, опять же, найдутся покруче. Угождать нельзя, теряется степень собственной свободы. А без неё в современном мире современной женщине - труба. Хотя и на вулкане их держать тоже не рекомендуется. Наверное, нужно определиться: нужен ли он тебе. Если да, то борись за него. А как? Кто ж их разберёт. Я, может, от этого сама страдаю. Если что было не по мне, так я их посылала на "кудыкину гору".

"Я знаю такое выражение. Мама говорит, но это же в шутку."

"Ага, в шутку, разбежалась. Ника, какая шутка."

"Тогда что?" - с волнением спросила Ника.

"А то, что уходили мои кавалеры. Да вот только возвращаться оттуда они не спешили."

Лена затеребила свою сумку, запустив туда всю ладонь. Ника видела, что Лена нервничает:

"Извини," - тихо сказала Ника.

"Да ладно, ты смотри, сама с гордостью своей осторожней. Видишь, как у меня: годы проходят, а плеча надёжного, чтоб опереться, и нет."

Ника слушала молодую женщину, пряча стеснение, и со всем соглашалась. Пыталась в мыслях найти для себя правильные жизненные решения. Оказалось, нелегко. Почему? Ответ простой: её желание, чтобы Грэг был с ней - это было сугубо её желание. Оставалось ждать той работы в апреле, после которой у них, может, всё будет гораздо лучше. А пока Грэг стал часто исчезать, но ночевал всегда дома. Она же старалась не обращать внимания. Каждый день звонила маме, узнала, что у папы скоро должна быть операция. Операцию будут делать в Нью-Йорке.

"Мама, это серьёзно?"

"Не волнуйся, Ника, всё будет хорошо. Я буду с ним рядом."

"Привет папуле, скажи, что я ему обязательно буду звонить," - ответила Ника и прослезилась.

Шла последняя неделя марта. Когда Ника вернулась с работы, обрадовалась, увидев Грэга. Он целый день был дома:

"Завтра поедем в тир. Буду учить тебя стрелять."

"Стрелять? Зачем? Я не хочу. Я лучше побуду дома. А ты, если надо, то…"

"Нет, дорогая, надо вместе, есть причина."

"Причина?" - она сидела в кресле, пролистывая медицинский журнал, купленный в книжном магазине, рядом с офисом, где она работала.

"Да, причина. Скажу потом," - он прошёл на кухню.

"Сегодня хороший фильм по платному каналу," - она прикрыла журнал.

"Фильм?" - за голосом Грэга послышались скрипучие звуки выдвигающегося буфетного ящика.

"С Джеком Николсоном," - она посмотрела в сторону кухни.

"О, мне он очень нравится, классный актёр," - Грэг стоял с бумажным пакетом в руках.

"Полёт над гнездом кукушки, - ответила Ника, сразу же узнав этот пакет, - ты видел?"

"Нет. А ты?"

"И я тоже. Но мои родители очень его хвалили. В их молодые годы этот фильм считался номером один."

"Здорово, посмотрим, но сначала я хочу тебя чему-то научить, - он вынул из пакета пистолет, - это "Беретта", итальянский пистолет. Автоматический. Стреляет без остановки."

"Большой, - без интереса сказала Ника, - давай сначала поужинаем."

"Ну, хорошо, - он спрятал оружие в пакет, - я помою руки."

"Да-да, у меня всё готово. Салаты, красная рыбка, и я сейчас быстренько приготовлю омлет."

"Ника, ты прелесть," - он подошёл и поцеловал её в покрасневшую щёку.

"Ты тоже, - с волнением ответила она, обняла и, прижавшись к его груди, добавила, - хорошо, что ты сегодня дома."

Грэг прошёл в ванную, а Ника на кухню. Поужинали. Грэг остался наедине с «Береттой», а она с тревогой в сердце стала мыть посуду. Зачем ему пистолет? Может, с этим связана его апрельская работа. Мысли путались, сбегались в кучу и разлетались в разные стороны.

"Ты скоро?"

"Да-да, иду," - она закрыла кран, вытерла руки бумажным полотенцем, поправила причёску и с улыбкой вернулась к дивану.

"Смотри, патронов в нём нет, так что не бойся."

"А я и не боюсь," - попыталась успокоить саму себя.

"Отлично, тогда смотри и запоминай."

Урок длился полчаса. Он показал ей, как брать пистолет, как укладывать его в ладонь.

"Видишь вот эту выемку? - показал он на заднюю округлость ствола, над которой находилась собачка ударного бойка, - она должна точно уложиться в выемку на твоей руке между большим и указательным пальцами. Другими пальцами обхвати ручку. Но не держи указательный палец на курке, а приложи его вдоль ствола. Вот так. Вторая рука, левая, должна быть напряжена, так как она служит для поддержки и направляет ствол. Правая лёгкая, ненапряжённая, только исполняет. Стрелять нужно на выдохе. Спокойно и нежно. Ты сможешь".

Ника пробовала, делая вид, что ей это нравится. Грэг объяснил, как обойма вставляется в рукоятку и как в обойму вставлять патроны.

"Я не смогу. У меня сил не хватит."

"Жизнь заставит, - строго сказал он, - хватит."

Она промолчала. Потом училась целиться в голову, следя за мушкой, и плавно нажимать на курок. А потом у неё почему-то стала кружиться голова и она почувствовала, что её слегка подташнивает. Грэг понял, что на сегодня достаточно:

"Ладно, я пойду в маленькую комнату, потренируюсь, а ты пока…, - он окинул комнату, - ты пока расстели диван."

Ника опустилась в кресло, на лбу выступили капельки пота. Она облизала языком сухие губы. Хотелось пить. Но лучше сладкий чай с лимоном. Выйдя на кухню, поставила на плиту чайник. Лимон лежал в холодильнике. Закончился фильм. Сильнейший фильм. Они долго не могли заснуть. Оба молча лежали с задранными к потолку лицами, изредка поглядывая в сторону чернеющего экрана. Сколько прошло времени, определить трудно, только вдруг, в одно мгновение, они повернулись и бросились друг к другу, словно нашли ту соломинку, за которую можно схватиться и никогда не расставаться. Никогда. Страстям и ласкам не было предела. Грэг был неожиданно настолько нежен, что Ника забыла обо всём, доселе волнующем её. Ей было сказочно хорошо. Наутро, еле оторвав голову от подушки на звук будильника, заставила себя подняться, принять душ и помчалась на работу.

Опытная Лена, несмотря на то, что Ника была в очках, сразу обо всём догадалась:

"Пошли, попьём кофейку. Чем вчера занималась?"

"Смотрела хороший фильм."

"Какой?"

Ника сказала, поправляя оправу.

"О, это же классика. А Джека Николсона я обожаю. Ну, а потом?"

"Что потом?"

"После кино."

"Если честно, еле заснула."

"Ну, а сны снились?"

"Не помню."

"А я вижу по твоим глазам, что снились, и не один раз, - Лена рассмеялась с лёгкой хрипотцой в голосе, - чертова простуда, надо бы чеснок поесть, да нельзя. Запах. Всё, пошли, время."

"Я в туалет. На секунду," - бросила Ника.

"Иди, иди, остуди личико, Джульетта, а то за километр видно, какое кино ты вчера смотрела, светишься, как аленький цветочек," - она опять прыснула в ладонь и направилась к своему рабочему месту.

Умыв лицо, Ника посмотрела на зардевшиеся щёки:

"Ну и пусть видят," - улыбнулась она.

Но тут произошло непонятное. К горлу подкатил тошнотворный комок. Её вытошнило.

Поймав на лету очки, слетевшие с носа, и зажав их в руке, прополоскала рот холодной водой. Посмотрела в зеркало. Глаза продолжали сиять, щёки по-прежнему пылали, но тошнота не отпускала. Ухватившись за кран, вырвала ещё раз и ещё раз. Облизала губы и вновь подставила рот под холодную, прозрачную струю.

"Что, не получилось на секунду," - с загадочной ухмылкой у двери стояла Лена.

Ника опёрлась руками о раковину. Сплюнула, затем потянулась одной рукой за бумажным полотенцем:

"Не знаю, что это со мной."

"Сходи в аптеку, дорогая, и купи тест-проверку на беременность."

Ника замерла с зажатым белой бумагой ртом.

*****

ГЛАВА ТРИНАДЦАТАЯ

*К*огда Грэг позвонил, Санни оборвал его сразу:

"Ни о каких делах по телефону. Хочешь пообщаться, приходи завтра к двенадцати. Понял?"

"Понял, - ответил Грэг, - только дел никаких нет."

"Тогда чего звонишь?"

"Мне..."

"Заткнись! Я сказал завтра," - Санни почесал крупной пятернёй по своей крепкой шее и присел на высокий крутящийся круглый стул рядом с барной стойкой.

"Понял, Санни. Буду завтра," - ответил Грэг

Санни вытянул из-зо рта зубочистку и, сунув мобильный телефон во внутренний карман твидового пиджака, позвал бармена. Из кухни появился молодой черноволосый парень с блюдцем и стаканом минералки: "Ваша таблетка. Скоро обед."

"Да-да, спасибо, Полли."

Он взял с блюдца круглую, телесного цвета пилюлю, метнул её в рот и запил водой. Вот уже год, как Санни почти не употреблял спиртного и другой всякой гадости, стало пошаливать сердце. Естественно, большой радости от телефонного звонка Грэга он не испытывал, но его вдруг осенило то, что дело, которое он хотел поручить бармену Полли, пусть лучше сделает этот русский. Дело опасное, если с ним что-нибудь и случится, то Санни не очень-то расстроится. Больше Санни не убирал неугодных дону персон, этим занимался Пеппе, а Санни контролировал доставку наркотиков из Флориды на север, через Нью-Джерси и Филадельфию. Но тут получилось наоборот. Его ребята в Майями завязались с русскими бандюганами, которые отплывали на круизном теплоходе, и им нужен был порошок. Платили русские очень хорошо и наличными. Дон расширил сферу влияния и не забыл о Санни, только предупредил:

"Я верю в тебя, сынок."

В этом коротком предложении было заключено всё: и забота, и угроза, и то, что он помнил все его прошлые просчёты, а потому Санни стал очень осторожным и предусмотрительным. Для начала наладил свою личную жизнь. Относительно, но всё же. Подружился с симпатичной женщиной по имени Диана, хозяйкой маникюрного салона в богатом районе. Диана была разведена. Её взрослые дети заканчивали колледж и жили в студенческом городке. Санни почти полностью переехал к ней, но по понедельникам оставался ночевать у себя. Привычка.

Назавтра, когда пришёл Грэг, Санни сидел за своим столиком в глубине ресторана и попивал эспрессо. Он уже принял очередную пилюлю, закусил овощным салатом с брынзой и пребывал в нормальном расположении духа. Руки он Грэгу не подал, лишь невидимым кивком указал на стул. Тот присел:

"Привет, Санни."

Санни не ответил. Продолжал потягивать кофе и рассматривать гостя. Наконец собрался с мыслями: "Честно, видеть тебя не хочу, подведёшь на этот раз, уничтожу. Понял?"

"Понял," - ответил Грэг.

"Тебе нужно будет перегнать машину в Майами. Там тебя встретят. Отдашь машину, а назад поедешь автобусом. И дай мне копию твоих водительских прав."

"Сколько?" - спросил Грэг.

"Десятка. Устроит?"

Грэг ответил сразу:

"Устроит."

"Документы на машину и страховку найдёшь в бардачке. Там же будет лежать конверт на мелкие расходы. Завтра получишь адрес и телефон моего парня в Майями, его зовут Рикки. Маршрут тебе дадут в автомастерской, там же будет и машина. Нигде не останавливаться. Должен выехать через два дня в полночь. Мне больше не звони."

"Я буду не один."

Санни прищурил глаза:

"Ну?"

"Со мной будет девчонка."

Санни продолжал пить кофе.

"Я думаю, что лучше будет сделать по-другому," - спокойно предложил Грэг.

"Например?"

“Она студентка. Можно на заднем стекле написать “Университет Майями”. Тем более, что скоро будут студенческие каникулы. Можно меняться за рулём. И на неё оформить машину.”

“Я подумаю. Приведи её ко мне завтра в такое же время.”

“Без проблем.”

Санни глянул на ручные часы:

“Мне пора. До завтра.”

Он встал и, не обращая внимания на Грэга, удалился на кухню. Из кухни вышел Полли:

“Санни сказал, что вы можете заказать. Что вы хотите?”

Грэг улыбнулся: “Спасибо, я не голоден. Если можно, просто стакан минералки.”

“Легко,” - улыбнулся в ответ Полли.

Через два дня серая “Нисан-Максима” выехала на 95-ую, одну из главных автострад Восточного побережья, пересекающую США от канадской границы и до берегов Карибского бассейна. За рулём была симпатичная девушка в очках, рядом с ней сидел молодой парень в красной бейсбольной кепке с большой заглавной буквой “Ф”, символом городской бейсбольной команды “Филлис”. А на заднем стекле красовалась надпись, подсказанная Грэгом: “Университет Майями”. До Флориды им нужно было добраться за восемнадцать часов без остановок, что вполне было возможно, если останавливаться только для того, чтобы посетить заправочные станции по пути следования, купить чашку кофе и забежать в туалет. В суть дела Санни его, конечно же, не вводил. Нужно перегнать машину на стоянку в Майями, и всё. Но, зная о таком бизнесе, Грэг понимал, что десятку, а именно десять тысяч долларов, просто так не платят. Значит, в пакетах что-то должно быть. Вот почему ему нужна была Ника, поскольку в её спортивной сумке этот товар и будет находиться. Он заранее передал через Полли в ресторан купленную им сумку в розовых цветах. Грэг запомнил, как перед самым уходом из ресторана Санни назвал ему цифру:

"Не забудь, семь пакетов."

Грэг понимал, что речь идёт о количестве пакетов, в которых будет лежать товар. Пакеты были зашиты под дном сумки. В вечер отъезда в красивых словах и ласках Грэг превзошёл самого себя. Ника даже позволила ему собрать для неё необходимые вещи на эти пару дней. Потом он собрал свою сумку и бросил её в багажник, а ту, что в розовых цветах, сунул вниз между задними сиденьями:

"Ты выедешь из города, через два часа я тебя сменю, обратно за руль сядешь перед самой Флоридой. Договорились."

"Хорошо, дорогой," - ответила Ника, удивившись себе. Такого слова в её лексиконе для него у неё ещё не было.

"Ну, тогда вперёд."

"Как скажешь," - она улыбнулась, и перед тем, как тронуться с места, приоткрыв рот, протянула губы для поцелуя.

Грэг поцеловал. Хотелось ли ему? Ему хотелось обязательно вместе с ней добраться до места и отдать товар. Во-первых, заработать, а во-вторых, Санни может подкинуть ещё что-нибудь. Грэг пересел за руль после того, как они проехали Балтимор.

"Можно, я посплю?" - спросила Ника и, не дожидаясь ответа, вытащила из сумки в цветах махровое полотенце, накрыла им сумку и улеглась.

"Спи," - ответил Грэг, убирая громкость машинного магнитофона, из которого летели слова популярной рэповской группы.

Он любил ездить ночью, это было очень даже на руку. С тех пор, как он с горем пополам завершил школьное образование, вся его дальнейшая жизнь была связана, в основном, с ночными приключениями. Два раза, с перерывом в год, ему пришлось "отдохнуть" в тюрьме. Два года сразу же после школы и потом ещё три года. Шмыгнув носом, он пристегнул себя ремнём безопасности и бросил взгляд назад. Что ж делать, раз так получилось, верней, всегда получалось. При нём часто оказывалась девчонка, поначалу не входившая в планы его бизнеса. Ну, а когда доходило до дела, то девчонки были даже очень кстати. И он их использовал. Единственное, не все они знали, чем рискуют. Влюбляясь в него, теряли голову. Относился он к ним, как к компаньонкам по бизнесу. Точнее сказать, к временным компаньонкам. Когда чувствовал, что донимают, старался избавиться. Ушедшей сразу же находилась замена. До Лизы всё проходило гладко, но с Лизой возникли трудности из-за её характера. С Никой у него получилось так, что он и сам не ожидал. Строптивая отличница вдруг растаяла.

Временами он ловил себя на мысли, а не влюбился ли он сам? Но буквально на следующий день эти глупости у него проходили, и Грэг старался себя контролировать. В день, когда она переехала к нему, в его голове также нашлось место глупостям, особенно поход к её родителям ни с какой стороны не был ему нужен. Глупости, глупости, глупости. Настораживало отношение самой Ники к нему. И ещё пугало то, что она напоминала ему Лизу, и чем дальше, тем больше. Он передернул плечами. Ему вдруг вспомнился тот день, когда они пришли домой после тира, где больше часа практиковались в стрельбе. Верней, он практиковался, а Нику, как мог, учил. Учил держать правильно пистолет, целиться и стрелять. Что ж, для новичка она стреляла даже очень хорошо. Тогда он не обратил на это внимания, но когда они вернулись домой…

Они покушали, Ника пошла мыть посуду, а ему нужно было подсчитать свои сбережения, которые он втайне хранил в соседней маленькой комнате. А когда вернулся в гостиную, тут его ожидал сюрприз. В позе боевой готовности стояла Ника с серьёзным лицом, наведя на него чёрное дуло «Беретты»: “Жизнь или кошелёк,” - прохрипела она не своим голосом.

Грэг потерял дар речи. Остолбенел. Ника, поняв, моментально улыбнулась: “Ты чего, я просто играю. Неужели ты решил, что я хочу тебя убить?”

Грэг настолько не был к этому готов, что проглотил язык. Он даже не услышал, что она ему ответила. Лишь когда она опустила пистолет, он перевёл дух:

"Ну, ты даёшь. Так можно разрыв сердца получить. Ты в своём уме?" Как он хотел подойти и дать ей затрещину, чтобы больше не пыталась повторять такие номера. Но сдержался. Она ему была нужна.

Грэг вскинул голову, всматриваясь в дорожные указатели, нужная дорога уходила резко влево, он стал вписываться в поворот и разбудил Нику:

"Ааав - хмм, Грэг," - сказала она сонно.

"Да?" - он обеими руками сдерживал руль.

"Всё нормально?"

"Всё в порядке, Ника, спи. Поворот крутой, чуть не занесло. Спи." Теперь он посмотрел на приборную доску. Стрелка расхода бензина была ниже середины на пять делений:

"Нужно дозаправиться."

Справа от него, на соседнем сиденье лежала маршрутная карта. Убедившись в правильности направления, он нашёл место заправки и сколько до неё ехать:

"Успею и заправлю полный бак."

Грэг оглянулся назад, но не на Нику. Он посмотрел на сумку под её головой. Ему ужасно хотелось узнать, что же он перевозит. Над ним промелькнул большой щит с приветствием для въезжающих в штат Северная Каролина. Он съехал к заправке и местному кафе "Макдональд":

"Ника, слышишь, Ника?"

"Да-а," - зашевелился шерстяной плед.

"Просыпайся."

"Мы уже приехали?"

"Да, приехали, но не доехали."

Показалось заспанное лицо, потом она перевернулась на другой бок и спущенными ногами машинально стала искать свои кроссовки:

"Что ты там положил в сумку? Какое-то очень твёрдое. У меня вся голова, как не своя. Пистолет что ли?"

"Да, хочешь, чтобы я его переложил?"

Ника откинула в сторону плед и, облокотившись на спинку сиденья, потянулась. Потом тряхнула головой вниз - вверх, пригладила слегка растрёпанные волосы, надела бейсбольную кепку и улыбнулась:

"Спасибо, что дал мне поспать. Теперь мне садиться за руль?"

"Нет, пока не надо. Ты можешь сходить в «Макдональд» и чего-нибудь купить покушать?"

"Конечно, заодно и в туалет успею. А что тебе взять?"

Грэгу не терпелось поскорее её выпроводить:

"А что ты возьмёшь себе, то и мне."

Ника поправила полотенце, натянула кроссовки и застегнула спортивную куртку:

"Если честно, то я по «Макдональдам» не ходок. Вредно для здоровья."

"А если нет выбора?"

Она уже одной ногой стояла на асфальте:

"Ну, тогда предпочитаю рыбу."

"Отлично, и к рыбе попить. Для меня холодный чай."

"Для меня тоже. А может, лучше кофе? Я подумаю."

Грэг свернул губы в трубочку:

"Подумай, подумай. Целую."

"И я."

В секунду он перебросил к себе сумку, расстегнул молнию и запустил на дно свои длинные пальцы. Сначала наткнулся на изоленту. Попробовал найти место, где стыковка с сумкой не совсем прочная:

"Вот, нашёл."

Отогнул и просунул указательный палец, проделал отверстие. Теперь проходили два пальца. Когда прошла вся ладонь, он нащупал плоские, обтянутые клейкой лентой пакеты. Пройдясь по пакетам, решил пересчитать:

"Раз, два, три, четыре, пять, шесть, семь… в-о-с-е-м-ь. Что? Не может быть."

Пересчитал ещё раз, и ещё раз. Восемь:

"Но ведь Санни сказал, что их семь."

Он быстро посмотрел в сторону кафе. Ники внутри не было.

"Наверное, пошла в туалет," - решил Грэг продолжая держать руку на пакетах.

Вскоре Ника появилась и подошла к стойке.

"Ещё ничего не взяла, - обрадовался Грэг, - отлично, пересчитаю ещё раз."

Пакетов и на этот раз оказалось восемь. Окончательно убедившись, Грэг быстро восстановил заклеенный шов. После чего переложил пистолет в свою сумку. Потом разложил в том же порядке вещи и вернул сумку на заднее сиденье:

"Чертовщина, почему их восемь? Я же помню, Санни повторил, что пакетов семь. Почему? Неужели Санни ошибся? На него не похоже."

Но тут в стекло постучали. Ника, улыбаясь, держала в руках пакет с едой. Уплетая бутерброд и запивая его холодным чаем, Грэг боролся с мыслью, неожиданно посетившей его. Нужна была ещё одна остановка, после которой он будет пассажиром и что-то решит.

Вест Палм Бич светился в солнечных лучах. С берега доносился шум прибоя, а остроконечные пальмовые листья, похожие на увесистые боевые турецкие мечи, трепетали от озорного ветерка. Белокаменные здания, нескончаемые улыбки прохожих, спокойное движение, в основном, личного и туристического транспорта, вечнозелёные кустарники вдоль центральных и второстепенных дорог с красными, жёлтыми и розовыми цветами производили вполне реальное впечатление райского места. Закрыв папку с картой маршрута, Грэг обнаружил внизу на задней обложке нужный ему номер.

"…Эту карту отдашь вместе с сумкой. Ты понял?" - просипел ему Санни, - и мобильный телефон, с которого будешь звонить, тоже отдай. Тебе дадут другой. Чистый. Не делай глупостей и не говори мне, что я тебя об этом не предупреждал…"

Под номером ничего не было: ни имени, ни фамилии. Нужно было позвонить и сказать: "Я от Санни.»

Он попросил Нику притормозить у первого магазина:

"Дай мне твой телефон. Нужно позвонить."

"Грэг, а может, сходим на пляж. В этом море я плавала, - она посмотрела на синее небо, - не помню, когда, по-моему, в десять лет, когда с родителями была в Диснейлэнде. И всё. Больше никогда."

"Ника, ты можешь замолчать? Какой, к чёрту, Диснейлэнд. Мы не за этим здесь."

"Ну, я же хотела так, чуть-чуть," - она протянула ему свой телефон.

"Успеешь," - нервно оборвал он её и набрал номер.

"Слушаю," - ответил весёлый молодой голос.

"Я от Санни," - сказал Грэг.

Трубка на секунду замолчала. Потом спросила:

"Где ты сейчас?"

"Там, где и должен, возле пиццерии на центральной улице," - Грэг приспустил оконное стекло и прищурил глаза в сторону узкого белого указателя на фонарном столбе.

Трубка снова взяла тайм аут:

"Слушай сюда, - голос изменился, стал серьёзным, - проедешь ещё один блок и свернёшь направо, по ходу движения с правой стороны увидишь большой паркинг с табличкой "Джинно - продажа машин". Заезжай прямо туда. Спроси Вартана, он говорит по-русски, оставь ему машину и возвращайся пешком к той же пиццерии. Там вас найдут и всё, что нужно, скажут. Не забудь, подарки должны лежать в багажнике. Ключи возьми с собой."

"Грэг, а моя сумка?" - она старалась не отставать.

"Я куплю тебе другую," - он перекинул свою, потяжелевшую сумку на другое плечо.

"А моя косметика? Полотенце и…"

"Здесь, у меня."

"А мой телефон?"

"Я должен был его отдать."

"Почему?"

"Так надо. Ты можешь заткнуться?" - вырвалось у него.

Ника уставилась на него, будто после абсолютно несправедливой пощёчины и опустила голову. Обиделась.

"Извини. Ну, извини. Сорвалось. Я что-то не в духе. Извини."

Он остановился, обнял её. Она успокоилась.

"Я попробую договориться пойти на пляж хотя бы на час."

"Правда? Спасибо, дорогой. Спасибо."

"Но только ради тебя."

Ника в ответ молча улыбнулась, горящими от счастья глазами. Столики, расставленные вокруг входа в пиццерию, пестрели разноцветными скатертями, с нетерпением ожидая своих посетителей.

"Я проголодался. А ты?" - Грэг рассматривал меню.

"Я тоже, но мне… я много не съем."

"Хорошо, я возьму куриные котлеты в лимонном соусе со спагетти."

"А мне, - она вернулась к первому листу в меню, - вот это."

"Что? - он наклонился в её сторону и прочитал, - куриный салат с овощами?"

"Да, мне хватит."

"Салат, так салат," - Грэг закрыл меню и позвал официантку, стоявшую у соседнего столика.

Когда трапеза подходила к концу, за их столиком неожиданно появился высокий молодой черноволосый парень:

"Привет, Грэг, я от Санни, меня зовут Рикки, - сказал незнакомец, - я должен вас отвезти в Майями."

"Когда?" - спросил спокойно Грэг.

Рикки взглянул на ручные часы:

"Встретимся здесь, через три часа. Мне надо подготовить для вас машину."

"Хорошо, через три часа мы будем на этом месте."

"Отлично, ключи от машины."

Грэг молча протянул ключи:

"Карта и мобильный телефон в бардачке."

"Понятно, пока всё в порядке, до встречи. Чао."

Когда Рикки ушёл, он посмотрел на вытирающую салфеткой рот Нику: "Ну вот, видишь, как всё образовалось само собой.»

"Да, - вздохнула она, поглядывая в ту сторону, куда ушёл незнакомец, - жаль, что я купальник не догадалась взять. Ну, хоть в лифчике позагорать можно. А ты?"

"Я? - удивился Грэг. - Мне как-то не до загара. Футболку сниму, и хватит."

"Можно ещё и джинсы закатать. Да?" - она допивала стакан минералки.

"Можно," - согласился он.

Ника оказалась предусмотрительней. Вынув из его сумки своё полотенце, разложила на тёплом песке, сняла футболку и, расстегнув лифчик, улеглась животом вниз:

"Я могу поспать?"

"Спи."

"А ты?"

"Я поброжу вдоль берега."

"С сумкой?"

"А она мне не мешает," не снимая футболки, он перекинул сумку через плечо.

"Мне тоже хочется походить по воде, но спать почему-то больше. Только ты не отходи от меня далеко. Ладно?"

Грэг кивнул. Он не мог ей ничего ответить, так как в это время разговаривал сам с собой. Ему не давал покоя лишний пакет. Какой, он уже знал. Конечно же, белое. Героин. Но пакет решил оставить у себя. Вдруг неожиданная удача. На ровном месте. А уж цену такому пакету он знал хорошо. Если что и случится, скажу, что сам хотел спросить у Санни, так как разговор, мол, шёл только о семи пакетах. Положив под голову сложенную футболку, Ника почти сразу же и заснула. Морской воздух пьянил, а громкие крики чаек не мешали…

…Открыв глаза, она застегнула лифчик, перевернулась на спину и попыталась потянуться. Над её головой продолжало голубеть небо и светить солнце. Людей вокруг прибавилось: кто сидел в одиночку, поджав под себя ноги, согнутые в коленях, кто, как и она, распластался животом вниз. Грэг сидел рядом, босыми ногами ковыряя в песке. Повернув к нему голову, она улыбнулась: "Я видела со-он."

"Страшный?"

Ника снова прикрыла глаза, потянулась:

"Немножко, но это лишь сон."

"И как сон?"

"Тебя съела змея."

"За что?"

Ника хихикнула: "А просто так. Взяла и употребила."

Грэг покачал головой:

"Сны у тебя прямо как у людоедки."

"Да? А почему?"

"Не знаю. Может, тебе лечиться надо?"

"Может, - пожала она плечами, - может, и надо."

"Ну всё, пора," - он встал, надевая футболку.

"Да, так быстро."

"Ничего себе, быстро. Ты два часа спала без задних ног."

Через один час и двадцать минут БМВ белого цвета, за рулём которой сидел Рикки, колесила по широкой автостраде.

"Можно я приоткрою окно?" - спросила Ника.

Рикки молча кивнул. Ника заметила, что водитель стал очень серьёзным и совершенно перестал с ними разговаривать.

Молчал всю дорогу. Но временами он как-то очень странно, прищурив свои большие карие глаза, поглядывал на Грэга. Глянет, отвернётся и молчит.

"Рикки не был похож на босса, интересно, его ли это машина, - думала Ника, - и ещё, почему он так смотрит на Грэга?"

Хотела ответить себе на этот вопрос, но почувствовала, что начинает тошнить:

"Мы скоро приедем?" - спросила она водителя.

"Проголодались?" - хихикнул Рикки.

"Нет, мне в туалет надо," - опустив голову, выдавила Ника.

Хозяин БМВ посмотрел в маленькое зеркало:

"Потерпи, ещё минут десять, о-кей?"

"О-Кей," - тихо ответила Ника.

Грэг на их диалог даже не обращал внимания. Его раздирали вопросы, на которые он не находил ответов, потому что на душе у него было неспокойно. В салон ворвался телефонный звонок. Рикки подобрал с соседнего сиденья мобильник и приложил к уху. Говорил, верней, отвечал он на другом певучем языке со многими гласными. БМВ сделала резкий заворот в маленький переулок и, проехав метров десять, остановилась.

"Приехали, выходите."

Рикки выпорхнул из машины и направился к невысокому зданию грязно-жёлтого цвета, и вошёл в единственную дверь.

Рядом с той дверью находились двое широких ворот автомастерской. Грэг и Ника простояли возле машины ещё минут пять. Появился Рикки и сделал знак, чтобы заходили.

"Идите на второй этаж, - указал он на железную лестницу в конце помещения, поднимающуюся на балкон, который проходил по всей ширине помещения, потом посмотрел на Нику, - туалет там же."

Гараж был рассчитан на два подъёмника. На каждом висело по одной машине. Свет попадал сюда через маленькие квадратные оконца над воротами. Вдоль балкона Ника увидела три входа:

"Может, под офисы, а может, ещё для чего-то," - подумала она, поднимаясь за Грэгом.

Рикки шёл последним:

"В первую дверь, - быстро сказал он, - там можно отдохнуть и посмотреть телевизор."

Ника оглянулась назад.

"Там же туалет," - кивнул Рикки.

Они зашли в большую комнату без окон. На стенах висели плакаты гоночных машин и улыбающиеся водители с кубками в руках. Грэг плюхнулся на широкий кожаный диван, стоявший у стены. Рядом с диваном стояло потрёпанное кресло, напротив телевизор. Справа от дивана Ника увидела две двери, выкрашенные в зелёный цвет. На одной красовался мужской силуэт, на другой - женский.

"Мне надо помыть лицо и привести себя в порядок," - она взяла у Грэга сумку.

Тот равнодушно пожал плечами. Войдя, Ника повернула замок в вертикальное положение, включила воду, сделала посильней напор и, наклонившись над раковиной, как можно тише вырвала. Позывы тошноты почему-то не проходили. Отдышалась. Умыла лицо и шею. Вынула из сумки своё полотенце. Вытерлась. Наконец, посмотрелась в зеркало. Что происходило за дверью, её не интересовало.

"Тошнота пройдёт, - наставляла её Лена, - ко всему относись философски."

Так она и делала. Ко всем грубостям Грэга или перемене в его поведении относилась философски. Просто была счастлива, что теперь она не одна. Это потихоньку начинало её успокаивать. Раньше она считала, что Грэг сделан из всего отрицательного, и не понимала себя, почему она ждала его звонков, спешила на непонятные встречи, после которых одного шага, можно сказать, не хватало ей до официальной встречи с полицией. Зачем?

"Ну, ладно, - успокаивала она себя, - закончится это дело, и всё встанет на свои места. Отдаст долги, а я... рожу ему сына или дочку."

Тяжело вздохнув, выключила воду. Но тут до неё донеслась громкая речь, сплошь усыпанная плохими словами, и совершенно недобрая. Говорил голос, которого она ещё не слышала:

"Зачем ты открывал сумку? С.... Зачем? Кто тебя просил считать? Зачем ты взял? Где товар, идиот?"

Грэг что-то отвечал, но очень тихо.

"Подожди, Фредди, - это был Рикки, - я сейчас Санни позвоню."

Ника прижала ухо к двери.

"Иди к телефону, Санни хочет поговорить с тобой," - это был снова Рикки.

Ника насторожилась, перебирая в голове: товар. Какой товар? Взял? Она посмотрела на вместительную спортивную сумку Грэга. Расстегнув, стала быстро перебирать в ней руками. В мешке, где должны были, как сказал Грэг, лежать её туфли, она нащупала дуло пистолета. Руку быстро убрала. Прошлась по дну, наткнулась на увесистый свёрток. За дверью послышалась какая-то возня и раздался ещё один незнакомый голос:

"Ты хочешь, чтобы твоя мозги я размазал по стене?"

"Давай лучше, Дэнни, отрежем ему руку," - это был голос того, кого Рикки назвал Фредди.

В этот момент дверь в туалет раскрылась:

"Вы ищете это?" - в проёме стояла бледная Ника с тёмно-коричневым свёртком в руках.

Двое крупных парней держали лежащего на полу Грэга лицом вниз. У одного из них был пистолет, он и оглянулся на Рикки, сидевшего в кресле: "Кто это?"

Рикки встал, подошёл к Нике, взял у неё свёрток. Вернувшись к креслу, взял со стола нож, походивший на короткий меч, да ещё с зубцами…. Зубцы легко проделали в свёртке маленькую дырку, к которой Рикки приложил палец и попробовал содержимое.

"Ну?" - спросил второй, чьё колено лежало на шее у Грэга.

Рикки убедительно кивнул. Ника следила за происходящим. Тот, кто спросил, убрал с шеи Грэга своё жирное колено и встал: "Короче, чего с ним делать? Давай, Рикки, думай, а то у нас дел на сегодня поднакопилось."

"Сейчас, Фредди," - он взял телефон и вышел с ним из комнаты.

"Слушай, - сказал Фредди, глядя на Нику, - а может, мы лучше трахнем его подружку. А, Дэнни, как тебе?"

Второй гигант, походивший на огромную волосатую гориллу, медленно повернулся в сторону туалета:

"Я не против, русских тёлок у меня никогда не было."

Вошёл Рикки: "Закройте его, но оставьте одну руку. Мы её и отрежем."

Грэга приковали наручниками к железной трубе, пронизывающей всё помещение от пола до потолка. Грэг кривился от боли. Рикки подозвал Фредди и что-то сказал тому на ухо. Тот хмыкнул и, подойдя к Грэгу, приставил к его голове огромный нож с зубцами.

"Итак, ты хочешь, чтобы я отрезал твою башку?" - прохрипел он.

"Не- еееет!" - закричал Грэг.

"Или лучше отрежу тебе руку, - Фредди схватил свободную руку Грэга, - Дэнни, помоги мне."

"Пожалу - ууйста, не надо - ооо, не - еееет!!!" - взмолился Грэг.

"Тогда, - сказал Рикки, - мы втроём трахнем твою девчонку."

Ника прижалась к косяку двери. Она стала ещё бледнее, чем была, жалея, что не догадалась прихватить пистолет из сумки, но кто ж знал, что всё так повернётся. Рикки повторил вопрос, касающийся Ники: "Так как, ты не возражаешь, чтобы мы оприходовали твою девчонку прямо у тебя на глазах?"

Грэг промолчал. Рикки это понял и кивнул жирному Дэнни. Тот присел на одно колено. Лыбясь в лицо Грэгу, облизал зубастое лезвие и приставил его сначала к своей щеке, потом к щеке Грэга и повернул. Тоненькая красная струйка сбежала вниз к шее: "Ну, кусок дерьма, ты готов?!"

"Отпустите его, ...я... согласна, - Ника, про которую на время забыли, стояла на том же месте, прикрывая снятой футболкой белый лифчик, - отпустите... его, ...пожалуйста," - из красивых серых глаз капали слёзы.

Все трое, кроме Грэга, повернулись к ней. Первым прервал молчание Рикки:

"Хорошо, поедешь с нами, - он кивнул Фредди, - и ты, а ты, Дэнни, отвезёшь этого урода, куда я тебе скажу. Проучи его, только не убивай, он нам ещё нужен."

"Нет вопросов," - Дэнни наклонился к трубе и расстегнул Грэгу наручники.

Рикки подошёл к Нике:

"Оденься и пошли."

Когда белая БМВ остановилась у мотеля, Ника вытерла ладонью лицо и подняла голову с заднего сиденья, где пролежала всю дорогу.

“Выходи и не вздумай кричать, - спокойно сказал Рикки, - Фредди, подожди меня в машине.” Великан молча кивнул.

Рикки открыл ключом дверь номера и пропустил её вперёд:

“Иди, прими душ. Приведи себя в порядок. Не спеши. Я буду через полчаса. Тебе хватит?”

“Да,” - прошептала она и, включив свет, закрыла дверь.

Стоя под тёплой струёй, Ника тихо скулила, глотая воду и слёзы. Через полчаса, как и обещал, пришёл Рикки. Ника лежала, закутанная в тонкое одеяло, натянув его до самого подбородка. Вещи свои она аккуратно сложила на тумбочке рядом с единственной широкой кроватью, занимающей почти всю ширину комнаты. Её глаза блуждали по низкому тёмному потолку. Она видела, как Рикки остановился возле телевизора и присел на край единственного стола, на котором стояли электрические часы. Над столом висело широкое зеркало, в котором отсвечивалась узкая полоска света, пытавшегося пробиться в комнату из-за плотно задёрнутых штор.

“Ты приняла душ?” - спросил Рикки.

Ника не ответила, лишь прикрыла глаза и полностью закрыла себя одеялом. В номере включился свет.

“Как тебя зовут?” - тихо, без всякой агрессии в голосе, спросил Рикки.

Ника выглянула, осмотрела комнату, бросила взгляд на дверь, потом на Рикки: "Это важно?"

"Не знаю, - пожал он плечами, - дело твоё. Только ты это зря."

"Что зря?" - прошептала она.

"Зря ты разделась. Мы тебя трогать не будем."

Наступила пауза, в которой Ника должна была сказанное осмыслить. Но в эту секунду она почему-то забыла о себе:

"Где Грэг? Что с ним? Вы же... мы же договорились, что..."

"Странная ты, ненормальная, - вдруг выстрелил Рикки, но потом сразу же добавил, - извини. А кто он тебе?"

"Жених. У меня же его вещи. Как он будет без..."

"Жених? Нд-да. Ему вещи сейчас не понадобятся," - перебил её Рикки.

"Почему?" - она повернулась на бок и посмотрела на пол возле кровати, где лежала сумка Грэга.

"Главное, что у него есть документы. Слушай, ты много говоришь."

Ника замолчала.

"Короче, Санни сказал, чтобы с тебя не упал ни один волос. А Грэг за свой поступок должен отработать."

"Санни? Кто такой Санни?"

"Не знаешь? Ну и не надо. Главное, он про тебя знает. И сказал, что ему уже хватило одной русской девчонки, Лизы."

"Лиза? - она вскинула плечи, оголив свои груди, - Ой!"

Рикки подошёл к окну и, приоткрыв штору, выглянул на улицу: "Да, Санни сказал, Лиза. А что, ты её знаешь? Могу сказать, что ты симпатичная девчонка. Бери свою подружку Лизу и приезжайте ко мне в гости. Я вас не обижу. И не подставлю, как твой… жених.”

“Не твоё дело.”

“Не груби. Я с тобой говорю нормально. Ладно, короче. Вот тебе конверт. В нём штука баксов, это деньги твои и только твои, а не твоего жениха, и билет на автобус. Рейс через четыре часа. Сейчас ты одеваешься и едешь со мной кушать. Потом я отвезу тебя на автобусную станцию. Понятно?”

“Я без Грэга не поеду.”

“Послушай, у меня не так много времени, но Санни просил посадить тебя на автобус. И, пожалуйста, не груби мне больше, а то я могу разозлиться.”

Рикки говорил, продолжая смотреть на улицу. Ника немножко успокоилась и, видя, что Рикки не смотрит на неё, встала с кровати и стала одеваться: “Я сама, на такси.”

“Нет, Санни сказал, чтобы я проконтролировал, как ты уедешь.”

“А как же Грэг? Я без него…”

Но тут она взглянула на Рикки, который очень странно и сурово смотрел на неё, раскачивая красивой шевелюрой.

“Ну и ну, вы что, русские, все такие?”

“Какие?”

Ника тряслась, как осиновый лист на холодном ветру. Сейчас её должны были насиловать, и вдруг эта неожиданная перемена.

Да, она помнила, кто такой Санни, но говорить связно, а главное, думать не могла.

"Ладно, я жду тебя в машине. Считай, что тебе повезло," - сказал Рикки и вышел на улицу.

Её продолжало трясти. Она совершенно не подозревала, что с ней могут сделать. Лишь когда Рикки произнёс имя Лизы, её немного отрезвило: "Санни знает Лизу? Откуда? Значит, Санни - босс, если приказал её не трогать. И где сейчас Грэг?"

Теперь она понимала, почему Рикки стал очень обходителен с ней. Даже ресторан выбрал русский с очень неожиданным названием "Сахарная Россия".

"Я ничего в вашей еде не смыслю. Так что заказывай, что душе угодно, а я выпью пивка с рыбным ассорти. О-кей?

"О-кей," - ответила Ника, чувствуя, что голодна.

Заказала себе суп с фрикадельками, на второе рыбу с рисом.

"Я сейчас, мне надо в туалет."

"Пожалуйста, нет проблем. Я подожду, твой билет у меня," - ответил, улыбнувшись, Рикки.

Но тут раздался телефонный звонок. Рикки поднёс мобильник к уху: "Да, да, говори. Что? А, да, она со мной. Хорошо, понял. Буду, - он посмотрел на ручные часы, - через пятнадцать минут. Нет - нет, передай, что с ней всё в порядке. О-кей."

Ника стояла рядом.

"Чего стоишь? Иди в туалет, а потом поешь. Хочешь, закажи себе что-нибудь из сладкого. Я приеду через час и расплачусь. Нам спешить некуда. Надеюсь, ты не сбежишь?"

Ника молча направилась в сторону холла. Рикки подозвал официанта и что-то ему сказал. Тот ответил лёгким кивком. Но, когда Рикки собрался уходить, Ника ждала его в фойе:

"Что с ним? Вы же его не убили? Мы ведь договорились? Или…"

"Я как раз и еду узнать, как у твоего жени…, - он криво ухмыльнулся, - как у него дела. Чем скорее ты меня отпустишь, тем быстрее я вернусь."

Ника на мгновение забыла, зачем вышла в холл, но, проводив глазами уходящего Рикки, почувсвовала тошноту и пулей нырнула в дверь женского туалета. Струя прохладной воды немного отрезвила её. Иногда тошнотворный комок, подкатывающий к горлу, был всего один, а иногда два и три. Только успевай полоскать рот. Подставив горчивший рот под струю, она услышала позади себя очень знакомый голос:

"Вот это да, Ника снова в туалете, снова блюёт. Ты, подруга, что-нибудь другое можешь в туалетах делать или только блевать? Я же тебе говорила, бортонуться нужно вовремя."

Это была Карина. Ника её узнала. Умыла лицо и потянула руку к бумажным салфеткам:

"Привет, Карина. Ты, как всегда, меня здесь и караулишь. Да?"

"Что делаешь в этих краях?"

"Тебя ищу, - резко вырвалось у Ники, - ладно, извини, я не хотела. А ты как здесь?"

Карина подошла к соседней раковине и включила кран:

"Дружок мой попросил сводить его в русский ресторан."

"Аа-а, понятно, а кто у нас дружок?"

"Он из Аргентины. А ты с кем?"

Теперь уже Ника смотрелась в зеркало:

"И мой дружок захотел отведать русской кухни. Только вот отъехал по делу, но скоро вернётся."

Карина выключила кран и оторвала салфетку:

"А я смотрю, ты ли это, иль не ты. Вроде ты, но что-то не то. Не похожа."

"Ну и как, узнала?"

"Узнала. Может, кофейку попьём?" - Карина поправила свою короткую стрижку.

Ника тряхнула головой, раскидав по плечам волосы:

"Можно."

"Отлично, найдёшь меня," - сказала Карина уже в дверях.

"Найду," - Ника заставила себя улыбнуться и повернулась к зеркалу.

Вернувшись на место, попросила у прилизанного официанта минеральной воды. Через пять минут на её столе дымился суп с фрикадельками и пузырилась бутылка «Боржоми». Ника наполнила хрустальный фужер, сделала глоток и осмотрела зал. Увидев Карину, которая также смотрела на неё, кивнула. Та кивнула в ответ. От салмана она отказалась, но суп осилила. Допив минералку, попросила два кофе. Когда принесли кофе, помахала Карине. Та что-то сказала своему дружку, поцеловала его в щёку и направилась к Нике. Около минуты обе молча пили пахучую тёмную жидкость. Разговор никак не получался. Карина начала первой:

"Ну, расскажи о своих успехах в колледже."

"Я взяла академический отпуск," - честно ответила Ника.

"Собираешься рожать?"

Ника промолчала.

"Как ты здесь?" - спросила Карина.

"Длинная история."

"Понимаю, не хочешь рассказывать, не надо, только вот у меня есть, что тебе рассказать. Хочешь?"

Ника отвела взгляд от маленькой фарфоровой чашки и нахмурила брови:

"Ты о чём?"

Карина решила не откладывать в долгий ящик:

"Помнишь, перед тем как уехать во Флориду, я тебя просила приехать ко мне в гости?"

"Помню."

"Я хотела рассказать тебе о том, как…, - она снова посмотрела на свой столик, помахала рукой, показала на часы и подняла перед собой обе раскрытые пятерни своих рук, - десять минут," - прожестикулировали её пухлые губы.

Ника проследила за Карининой азбукой Морзе в угол ресторана, где за столом, стоявшим у самой стены, сидел блондинистый парень в цветастой рубашке с короткими рукавами и улыбался в их сторону.

"Симпатичный, давно ты с ним?"

"Около года. Учимся вместе."

"Ты же сказала, что он из Аргентины?"

"Да."

"А почему блондин? Я думала, что аргентинцы все чернявые."

"У него предки евреи из Европы. Ты разве не видела блондинов евреев?"

Ника задумалась, но потом пожала плечами:

"А, ладно, какая разница. Главное…"

"Чтобы человек был хороший," - перебила её Карина, и обе девушки рассмеялись.

"Ты давно не встречала Грэга?"

Ника чуть не подпрыгнула от этого вопроса.

"Ты чего?" - удивилась Карина такой реакции.

"Нет, я так. Просто."

"Нет, Ника, не просто, что-то не так, ты аж побледнела. Ты что, его… видела, - тихо и медленно проговорила Карина, - ну расскажи, ты видела это чудовище?"

"Не-ет, откуда. А почему ты спрашиваешь?"

Карина ещё раз бросила взгляд на своего парня:

"Ты, конечно, помнишь моего дружка Эрика?"

Ника кивнула.

"И помнишь, что он помогал Грэгу? Верней, подружке Грэга, когда тот сидел в тюрьме."

Ника пожала плечами: "Я об этом ничего не знаю."

"Правильно, об этом ты не знаешь. Но вот что я услышала совершенно случайно. Верней, подслушала," - Карина придвинулась ближе к краю стола.

Ника подалась всем корпусом вперёд.

"Это было за две недели до того, как Эрик загремел за решётку," - Карина отставила фарфоровую чашку в сторону, то же сделала и Ника.

"Мы с ним…"

"С кем?"

"Тьфу ты, с Эриком. Ему нужно было подъехать к Грэгу, который только как неделю назад вышел на свободу. Мы приехали в апартмент, который снимала подружка Грэга, ну та рыжая, помнишь, на парковке возле бассейна."

"Ну, помню."

"Жила она на втором этаже. Эрик вошёл вовнутрь. Я осталась у подъезда. Вдруг я услышала, как кто-то выходит на балкон. Эрик просил меня, чтобы я не светилась. Короче, я встала под балконом."

Ника подняла свою чашку и сделала глоток. Карина в это время поправила прическу:

"С балкона доносились два голоса. Один мужской, другой женский. Нетрудно было догадаться, кому эти голоса принадлежат. Мужской голос Грэга, а вот женский, безусловно, принадлежал Джессике. Грэг называл её короче - Джесс".

Ника вспомнила рисунок из второй пухлой папки, и почему-то ей стало холодновато. Она обхватила себя руками за плечи. Карина продолжала рассказывать услышанное:

"Не верю я этому русскому, - говорила Джесс, - я уверена, что он хочет тебя надуть. А может, стучит в полицию."

"Кто, Эрик? - спокойно ответил Грэг, - почему, Джесс, ведь тебя раньше всё устраивало? Придёт время, кончу и с ним. Мнительная ты стала, Джесс, ты лучше скажи, зачем ты скинула Лизу на рельсы?"

"Ты что, какие рельсы?! Это не я, это, наверное, те двое. Меня там вообще не было. Они, когда Лиза села в машину, усыпили её платком с какой-то гадостью, а меня просто выпихнули из машины."

Откуда Джессике было знать, что до того как Грэг в очередной раз оказался за решёткой, он встречался с теми парнями и даже заплатил первую часть - три тысячи баксов. Он просил, чтобы Лизы не стало от передозировки наркотиков. Но вышло…, вышло по-другому.

Грэг ответил не сразу:

"Если их поймают, они меня прикрывать не станут. Всё расскажут. Сто процентов расскажут."

"И что теперь?" - спросила Джесс.

"Тебе нужно передать им от меня привет и конверт."

"Какой конверт?"

"Не дури, Джесс, простой конверт. Положи в него тысячу долларов. Ты им позвонишь, скажешь, что когда я выйду из тюрьмы, то отдам остальное. Ну, и ещё…"

"Ну, и?" - переспросила Джесс.

"Купишь кейс пива "Лагер». Пробки от бутылок откручиваются рукой."

"Зачем?"

"Не перебивай. А зачем, я тебе скажу, чтобы самой не отправиться за решётку, и надолго. Молчи и слушай."

Джесс замолчала.

"Нужно достать снотворное. Сможешь?"

Джесс пожала плечами:

"Постараюсь."

"Отлично. Постарайся, - продолжил он, - откроешь каждую бутылку и бросишь в каждую бутылку по шесть таблеток. Поняла? Передашь кейс пива вместе с конвертом."

"А если они не возьмут?"

"Деньги?"

"Нет, пиво."

"Возьмут. От меня возьмут. Только купи пиво и заряди таблетками, пусть пиво постоит у тебя день. Потом можешь им звонить."

"А ты меня подстрахуешь?" - её слегка качнуло.

"Джесс, для них я ещё в тюрьме, - ответил он и тут же спросил, - что с тобой, тебе плохо?"

"Наверное, - она подошла к балконному барьеру, - я беременна, Грэг."

"Что-о-о? Ты с ума сошла!"

"Почему?"

"Немедленно делай аборт, я за всё заплачу."

Наступила тишина.

"Я не могу делать аборт."

"Почему?"

"Это нельзя по нашей религии. Я католичка, Грэг. Аборт - это грех."

"Ага, грех, а убивать - это не грех."

"Я?! Нет, это не я! Я ту девчонку только посадила в машину. Это я ради..." Джесс заплакала.

"Ладно, заткнись и запомни, не сделаешь аборт, пойдёшь за Лизой."

Ника почувствовала, как всё её тело сдавило железными тисками. Карина продолжала, будто знала, что другого такого случая поговорить с Никой не будет:

"На балконе опять наступило молчание. Его нарушил Грэг: "Этих двоих нужно найти и от них избавиться. Поняла?"

Джесс думала с минуту, прежде чем ответила:

"Поняла. А ты?"

"При чём здесь я, Джесс, я за решёткой. У меня железное алиби. Но насчёт аборта запомни, не шучу, мне дети не нужны. И это серьёзно. Повторять два раза не буду..."

Карина смотрела Нике прямо в глаза. И, безусловно, видела, что с той происходит, но нужно было рассказать до конца: "Тут их разговор закончился, потому что на балкон вышел Эрик. Он, оказывается, всё это время был в туалете. Так он мне тогда сказал, когда я его спросила, чего он так долго."

Карина взяла свою чашку и допила уже остывший кофе:

"Вот почему я решила свалить из Филадельфии. Я испугалась. Ника, я его боюсь. Он… он, ты даже не знаешь, что он может сделать. У него всегда алиби. Мне Эрик давно сказал, что Грэг сильно подлючий. Что он, кроме себя, в этой жизни никого не видит."

На Нике не было лица. У неё пересохло во рту, а на лбу и на губах выступили капли холодного пота.

"Эй, ты чего, Ника?!" - громко сказала Карина.

Ника встрепенулась, в её широко раскрытых глазах застыл ужас …

*****

ГЛАВА ЧЕТЫРНАДЦАТАЯ

*Н*ика сидела в ванной. Сверху на неё со свистом потоком падали прозрачные водные крупинки, смешиваясь со слезами, застилали глаза, попадали в шмыгающий нос, барабанили по дрожащим губам, набухшей груди. Ника ударила ладонями по бурлящей воде. Вода, конечно же, расплескалась и закружила кругами, но через секунду затянула все свои неровности и вновь забурлила, принимая в себя всё новые и новые падающие сверху капли. Когда Рикки провожал её на автобус, она поинтересовалась, где Грэг и как он. Рикки ответил, чтобы она не волновалась так за него:

"Потому что своему жениху, - скривился тот в улыбке, - ты нужна, как рыбке зонтик. Думай о себе, девушка. Жизнь одна, и она, жизнь, очень несправедлива и коротка."

"А деньги, - сама не зная почему, спросила Ника, - деньги он получит?"

Рикки с изумлением посмотрел тогда на неё. Ему так хотелось сказать ей, как она ему надоела и чтоб молилась, что Санни закинул за неё слово:

"Твой Грэг будет в Филадельфии, наверное, раньше тебя. Перегонит джип для Санни и получит свой конверт. Так что расслабься и поезжай."

Ника перекрыла воду. Поднялась на ноги и, отодвинув одну половину стеклянной загородки, посмотрела на себя в зеркало. Одна рука накрыла чувствительные, потемневшие соски, а другая - тёмный треугольник, будто кто-то подглядывал за ней. Убедившись, что ещё не так заметно, нежно погладила живот и, снова присев, включила душ. В эту минуту ей захотелось улыбнуться: "Я не одна. Во мне уже есть другая жизнь, и я за неё в ответе, что бы ни случилось. Я должна её сохранить. Это, прежде всего, мой ребёнок."

Спала до утра. Спала крепко.

"Просыпайся, дочка."

Ника открыла глаза. Рядом с кроватью стояла мама:

"Опоздаешь на работу".

Не понимая ничего, Ника испуганно смотрела на маму.

"Ника, любимая, сны закончились, доброе утро. На работу. Р-а-б-о-т-у, - как можно ласковее протянула мама. Ты сегодня работаешь целый день?"

Она сдвинула брови, соображала, о чём с ней говорят.

"Ты можешь сегодня вечером после восьми быть дома?"

Ника кивнула.

"Я имею в виду, не у Грэга, а…"

Тут Ника проснулась: "Да! - резко выстрелила она. - Могу. После восьми. Я буду дома, мама."

Мама успокоилась и, помахав рукой, вышла за дверь. Ника встала, потянулась, подошла к окну и распахнула сдвинутые шторы. Её комната моментально озарилась солнечным светом. Приоткрыв окно, она глубоко вдохнула. Как вкусно. Какой аромат. Живописную картину дополняли трели птиц. Птички хозяйничали везде: на ветках уже во всю зелёных деревьев, на козырьках крыш, на балконных перилах, даже пытались зацепиться и повиснуть на голом, гладком стекле. Прыг-прыг, скок-скок и чик-чирик. Ника ещё с минуту простояла, наслаждаясь свежестью прекрасного утра, но потом вдруг резко обернулась и бросила взгляд на стоявшие на столе часы.

"Восемь часов пятнадцать минут," - сказала сама себе.

На секунду задумалась и последние пятнадцать минут делала всё очень быстро и уверенно. Без остановки. Даже успела приготовить себе в дорогу чашку крепкого кофе. Ровно через час она была, конечно же, не на работе, а на Лоретто. Увидев машину Грэга, обрадовалась, но тут же стала серьёзной, будто кто-то дёрнул её как в детстве за обе косички и причём сразу. Запарковалась. На втором этаже увидела открытое окно, а внутри почему-то горел свет.

"Странно. Может, забыл выключить со вчерашнего вечера?"

По каменным ступенькам поднималась медленно, обдумывая каждый шаг. Поравнявшись с раскидистым деревом, остановилась. Подняла голову. Ей очень захотелось позвать его. И чтобы он обязательно выглянул и улыбнулся. Чтобы он как всегда пошутил по поводу её причёски, улыбнулся своими ровными белыми зубами и предупредил, что открывать он ей не будет, потому что у неё есть свои ключи. Да, кстати, ключи. Так и поступила. Открыла дверь с улицы и стала подниматься наверх. Мягкое покрытие лестницы поглощало её осторожные шаги. У самой двери встала. Прислонилась ухом к прохладному дереву. Прислушалась. Ни звука, ни шороха. За дверью спала тишина. Но на душе почему-то стало тревожно. Что-то почувствовала. Быстрым движением повернула вставленный в замок ключ и вошла. Грэг лежал под одеялом на боку, лицом к раскрытому окну. На неё смотрел верх его спины, плечо, шея и копна слипшихся волос. Вроде всё спокойно, не считая разбросанных по комнате вещей и беспорядка на журнальном столике.

"Ого," - она заметила на полу у самого кресла женскую сумку из коричневой кожи. Взяла в руки:

"Даже с ярлыком, фирмы "Гуччи."

Ника поднесла сумку к носу:

"Вкусно пахнет, новая."

Почувствовала, как у неё порозовели щёки:

"Неужели для меня? А я - то думала…"

Положив находку на кресло, первым делом решила выключить торшер. Затем прошла на кухню за мешком для мусора, по дороге прихватив с пола чёрную футболку, синие джинсы и белые носки. Вещи бросила в пластмассовый ящик для грязного белья. Грэга будить не хотела, пусть поспит. Просто захотела прибрать и, если он не проснётся, тихо уйти, а потом заглянуть к нему после работы. Пройдя по комнате, осмотрела журнальный столик, который был завален конфетными фантиками, остатками китайской кухни в небольших бумажных коробочках. Тут же стояла недопитая бутылка "Пепси-Коллы" и чашка остывшего чёрного кофе. Рядом лежал раскрытый серебряный портсигар, возле него три плитки молочного шоколада, причём, две были начаты, а одна - нетронута. Но перед тем, как приступить к уборке, непонятно почему, снова взяла в руки фирменную сумку. Теперь уже свела брови. Нет, конечно, нет. Если бы была чья-то, тогда почему не оторван ценник. А цена, прямо скажем, приличная. Неужели получил деньги от Санни:

"Ладно, после работы зайду, спрошу."

Разобравшись с едой, посмотрела на портсигар. В нём находилось несколько папирос и… Что это? Она вспомнила. Такой точно мешочек она уже видела у него. Растерянность и оцепенение сковали её, отчего перехватило дыхание. Ника поправила влажной рукой волосы на своей голове, нервно одёрнула лёгкую серую куртку, вытащила из портсигара свёрнутый прозрачный мешочек и посмотрела вниз:

"Так и есть."

Под журнальным столиком виднелся краешек одноразового шприца. Она тихо позвала: "Грэг…"

Никто ей не ответил.

"Грэг…, ты спишь?" - повторила Ника, чувствуя, как всё её лицо покрылось испариной.

Он молчал. Обратив внимание на его неестественно лежащие руки, она резко дернула его за плечо. Мешок с мусором упал на пол …

Теперь «Скорая помощь» доставила Грэга в Джинс госпиталь.

"Вы говорите по-русски?" - спросил её доктор.

Ника удивилась этому вопросу и посмотрела на фамилию врача с красивой седоволосой шевелюрой - Улицкий:

"А как вы узнали?"

"Ваш…"

"Друг," - спокойно ответила Ника.

"Ну да, ваш друг, когда отошёл, то первое слово произнёс по-русски. Пойдёмте на свежий воздух. Вы курите?"

"Нет, но я могу постоять рядом."

На небольшую заасфальтированную площадку, где они стояли, падали косые теплые солнечные лучи.

"Доставили вовремя. Очень вовремя. И это у него не в первый раз. Не так ли?"

Она посмотрела доктору в глаза. Ей показалось, что этому человеку можно верить. Но на вопрос она не ответила.

"Как долго он пробудет у вас?" - тихо спросила Ника.

Доктор пожал плечами:

"Как обычно, не больше двух дней. Мы его прочистим. Поставим на наркон."

"Наркон? Что это?"

"Противодействие от героина."

"А потом?"

"Хм-м, - док стряхнул пепел, - лучшее, что он должен сделать, это пойти в рехаб. Вы знаете, что это такое?"

Ника кивнула.

"Сколько последний раз он провёл там времени?"

"Неделю."

"На этот раз - не меньше двух, - он затушил сигарету и бросил её в урну, - извините, мне надо идти. Через два дня можете забирать своего... друга."

Она медленно шла к своей машине. На первый рехаб она взяла деньги у мамы... без спроса. Больше подобного делать не будет. Может, у него, может, он получил деньги? Хотя вряд ли. Тогда где взять? И уже не полторы, а все три. Три тысячи долларов. Та тысяча, которую она получила от Рикки, у неё осталась. Нужны ещё две. Сегодня вторник, значит, к четвергу ей нужно найти.

"В полдень в четверг можно его забирать," - сказала она себе под нос, усаживаясь в машину.

Включила двигатель, накинула ремень безопасности, но трогаться с места не спешила.

"Мама отпадает. У меня только тысяча. Занять на работе? У Лены? Нет, это не вариант. Что же делать? Может, позвонить Алексу? Мне кажется, он не откажет. Мама с ним говорит по телефону почти каждую неделю. От неё Ника узнала, что он уже сам ходит, правда, с палочкой, но это просто чудо, так сказал его доктор. Алекс, Алекс, Алекс..."

К сожалению, её сердце воспринимает только Грэга, какой бы он ни был.

"Объяснить?" - Ника опустила боковое стекло.

Что это - наваждение, колдовство, гипноз? Она не знает. Знает, что несмотря ни на что, хочет быть с ним рядом. Всегда и везде. И она ему обязательно поможет.

Солнечные зайчики бегали по машине. Ника подставила лицо тёплым лучам и прикрыла глаза. Но тут же их открыла. Рядом на парковке стоял джип стального цвета с раскрытой задней дверью. Внутри она увидела маленькую девочку, а стоящая рядом женщина, наверное, мама, кормила ребёнка треугольным куском пиццы. Ника подалась вперёд:

"Санни, вот кто мне нужен."

*****

ГЛАВА ПЯТНАДЦАТАЯ

*Д*авно дон не приглашал Санни к себе домой и не разговаривал с ним таким голосом. Из чего Санни понял - случилось что-то серьёзное. Получив на откуп ресторан, Санни не вышел на "пенсию". Он был всегда в наличии и всегда на хорошем счету. Дон, как отменный психолог, дал Санни отдохнуть, но далеко от себя не отпускал. Пеппе перевёз свою семью из Сицилии в Нью-Йорк, в свободный, как ему казалось, мир, но ненадолго. Уже через год, на семейном совете они с женой решили, что их дети по американским законам жить не должны. Уж слишком много свободы и вседозволенности, а это далеко от традиции и их семейных устоев. Пеппе попросил внеочередной отпуск и отвёз родных обратно на Сицилию. Дон дал добро. Именно в то самое время он и позвонил Санни:

"Сынок, - ласково прохрипел дон, - загляни ко мне сегодня."

И, не дожидаясь ответа, закончил:

"Проведай старика, Санни. До вечера. Жду."

Что ж, Санни не ошибся. Дело, действительно, было не простое. У дона два сына. Старший закончил колледж и продолжил учёбу на юридическом факультете. Младшего, по каким-то своим соображениям, дон решил готовить себе на смену. Братья абсолютно разные. Особенно успехи старшего сына. Младший тоже учился в колледже, на экономическом факультете. Он был умным и правильным.

"Мой младший, Винни, помолвлен в нашей "семье". Достойные родители, достойная девушка, - дон стряхнул пепел большой сигары в хрустальную пепельницу, - а мой Винни вздумал встречаться с какой-то ирландкой из своего колледжа. И ведь не просто встречается, а хочет..." Он вытащил изо рта сигару и зло загасил её. Сигара сломалась пополам, а пепельница соскользнула со стола и с шумом упала на толстый персидский ковёр.

В дверях моментально появилась крупная голова охранника.

"Всё в порядке, Лу, - дон криво улыбнулся, - у нас пепельница вдруг ожила."

Когда Лу закрыл дверь, дон медленно перевёл взгляд на Санни: "Винни мне сказал, что она беременна и аборт делать не собирается. Что это против религии. Тут я её понимаю, но... мой сын, и я дал слово... Ты меня понимаешь, Санни?"

Санни, понимающе кивнул.

"Знаю, о чём ты думаешь, сынок, знаю, - устало сказал дон - но кроме тебя откровенничать ни с кем не могу. Это моя личная просьба, Санни. Личная."

Санни молчал.

"Сделай это один. Пеппе возвращается через неделю." Дон поднялся с большого кресла из тёмно-красной кожи и подошёл к стеллажам, заставленным от пола до потолка книгами:

"Завтра тебе передадут всю информацию вместе с фотографией. Я хочу, чтобы ты с этим делом не тянул, а закончил как можно скорее. Я хочу, чтобы её больше не было рядом с моим сыном. Чтобы её, - он провёл ладонью по толстым позолочённым обложкам, - чтобы её совсем не было. Совсем. Санни, ты меня понял?"

После этих слов у Санни внутри всё сжалось. Он, конечно же, не подал вида, но ему стало явно не по себе. Он смотрел в грустные глаза человека, когда-то давно изменившего всю его жизнь. Мечтал ли Санни о такой жизни? Скорее, нет. И дон это отлично понимал. Знал все его слабые места. И это дело как раз - таки и было самым слабым местом.

"Она родом из Буффало. Там живут её родители. Здесь она одна. Совсем одна. И должна остаться одна," - услышал Санни тихий голос своего покровителя.

Дон вернулся назад в кресло, и Санни понял, что их разговор завершился. Он встал, подошёл к креслу, поцеловал дону руку и откланялся. Разговор этот был в прошлую субботу. Сегодня уже полдня, как начался вторник. Информация о девчонке вместе с её фотографией у него была. Попыхивая мощной кубинской сигарой, Санни сидел в своей кабинке, самой дальней от бара, где стоял только его стол и только его кресло, и думал. Думал Санни не о том, как "растворить" незнакомую ему девчонку в этом проклятом мире. И, конечно же, не о младшем сыне своего босса. Санни думал о жизни. О своей жизни, в которой у него никого не осталось. Диана? Да, она ему нравилась, но не больше. На появление бармена с дымящимся двойным эспрессо отреагировал молчаливым кивком. Так же молча отреагировал на слова бармена: "К вам пришли."

Лишь когда увидел Нику у стойки бара, встрепенулся и отпрянул на спинку кресла. Хорошо, что никто не заметил его реакцию. Он сильно зажмурился. Открыл глаза, погасил сигару, дал добро бармену и в ожидании скрестил на груди свои могучие руки. Бармен кивнул и указал Нике на кабину, где находился Санни. Ника шла ни жива, ни мертва. Её бросало то в жар, то в холод. Вот-вот, и она застучит от страха зубами. Подойдя, она остановилась. Прошло около минуты, как они смотрели друг на друга. Может быть, смотрели бы и дальше, если бы не появился бармен Полли.

"Спроси у неё, а мне как всегда," - не отводя взгляда от девчонки, выдавил Санни.

Полли кивнул:

"Сию минуту. Вам чай или кофе, или…?"

"С-спасибо, кофе, если можно, без сахара."

Полли, скосив в очередной раз глаза на гостью, удалился с каменным лицом. Слова его босса "как всегда" означали: двойную порцию виски, свежий номер местной газеты "Дневные новости" и чашку ещё одного эспресс. Выпивал Санни только в минуты душевных тревог.

"Нервничает босс. С чего бы?" - уходя, подумал Полли.

Политика Санни не интересовала, как и городская жизнь. Он начинал читать газету с конца, там, где о спорте, а точнее - о хоккее. Его любимая команда "Флайерс", от которой все болельщики каждый год ожидали победы самого престижного трофея мирового хоккея - Кубка Стэнли, прозябала внизу турнирной таблицы, несмотря на имеющиеся у хозяев огромные денежные возможности. Как объяснил ему постоянный клиент его ресторана:

"Молодая команда, Санни, на следующий год, может, и повезёт."

Санни тогда очень огорчился, что и в этом году Кубка Стэнли городу не видать:

"Садись," - указал он Нике на меньшее кресло напротив себя.

Та, не поднимая глаз, присела:

"Спасибо."

Санни смотрел на затушенную сигару, а Ника на полированную под красное дерево поверхность стола. Появился Полли. Теперь Санни было что делать. Он залпом опустошил рюмку с виски, сказал вслед уходящему бармену:

"Сейчас можно кофейку," - и раскрыл свежий номер газеты.

Ника придвинулась ближе к столу, опустила свою сумку на колени и подняла к губам дымящуюся фарфоровую чашку белого цвета.

"Ты голодная?" - спросил Санни, перевернув десятую с конца страницу.

"Нет, спасибо, - опустив голову, ответила гостья и тут же спросила, - а вы меня помните? Я приходила к вам с…"

"Помню," - перебил её Санни.

Ника поёрзала на стуле, как бы собираясь с мыслями. Одной рукой она продолжала сжимать на коленях сумку, а другой чуть не перевернула свой кофе. Потом всё же успокоилась. Выбора не было. Время работало против неё. Наконец решилась: "Мне нужны… деньги…"

Санни не ответил. Наступила тишина. Санни продолжал читать спортивные новости. В зале ресторана витал полумрак. Посетителей ещё не было. Со стороны кухни доносились звуки закрывающихся и открывающихся металлических шкафов, лязг посуды, шум воды, обрывки фраз поваров и официантов.

"Мне нужны деньги…," - немного увереннее выдавила из себя Ника.

Если не получится тут, ну что ж, тогда она позвонит Алексу.

"Я это слышал," - вдруг ответил Санни.

Ника подняла глаза, но тут же снова опустила. Её не интересовала внешность хозяина этого места, она догадывалась, кто он. Она знала, что её здесь абсолютно никто не ждал и не собирался ей помогать. И более того, она никак не могла понять, доходят ли её слова до этого человека. Ника готова была провалиться сквозь землю. "Босс", как назвал его бармен, продолжал читать газету и пить свой кофе. Она в ссрдцах вздохнула и, не дожидаясь, пока с ней соизволят поговорить, встала и направилась к выходу. Хозяин срсагировал. Он бросил быстрый взгляд на бармена, наблюдающего за кабинкой, и сделал тому знак остановить девушку. Тот в момент сообразил и метнулся к двери:

"Вы что-то забыли."

"Я?"

"Да, вернитесь, пожалуйста, босс хочет с вами говорить."

Санни подождал, пока девушка займёт прежнее место. Он сидел уже без газеты, помешивая ложечкой в дымящейся чашке: "Как тебя зовут?"

"Ника."

"Я пока не знаю, Ника, что у тебя там случилось, но могу поспорить, что деньги ты просишь не для себя. Не так ли?"

На сей раз она молчала недолго:

"Я должна заплатить за рехаб - три тысячи. У меня есть одна."

Санни закивал чёрной с проседью шевелюрой:

"Понимаю, вот сейчас понимаю. Надеюсь, рехаб не для тебя?"

Ника мотнула головой:

"Это для Грэга."

Теперь Санни очень внимательно стал разглядывать свою гостью. Тёмные русые волосы, чёлкой скрывающие высокий лоб. Затем волосы спадали по плечам, обрамляя осунувшееся симпатичное лицо, грустные серые глаза и совсем нет косметики. "Похвально, - подумал про себя Санни, - только вот зачем она связалась с этим… ".

"Послушай, а он тебя ещё в карты не проигрывал?"

Ника подняла брови: "В карты? А как это в карты?"

"Нн-да, это когда ты проиграл, платить нечем, а платить надо. Но зато рядом есть прекрасная подружка. Такая, например, как ты. А?"

Ника поняла и сильно покраснела.

"Вы… шутите. Как так можно человека проиграть в карты?"

В другой раз Санни закончил бы этот ненужный ему разговор. Отправил бы эту странную девчонку к родителям, сказав на прощание, чтобы была осторожна и всё такое, а может, вообще ничего бы не сказал. Просто промолчал. Своих проблем хватает. Но он поступил по-иному:

"Тебе не знакома девушка по имени Лиза? Тоже дружила с Грэгом. Вы чем-то похожи с ней. Увидишь, передай привет. Думаю, ей есть, что тебе рассказать о вашем общем дружке."

Никины глаза широко раскрылись. Она вдруг вспомнила слова Рикки:

"Скажи спасибо Санни, тебя никто не тронет. Ему было достаточно Лизы"

Да-да, он так и сказал: "… достаточно Лизы…"

Странно, тогда она не придала этому значения. А ведь именно от слова этого человека, может, и решалось то, что могло произойти с ней. Ника подалась слегка вперёд:

"Вы знали Лизу?" - тихо спросила она.

Санни выдержал её требовательный взгляд:

"Почему же знал, - он расправил плечи, - и сейчас, если она меня встретит, то обязательно поблагодарит. А что? Ты с ней никогда не встречалась?"

Ника потемнела в лице и опустила глаза. Санни нахмурил брови: "С ней что-то случилось? Вы же были, наверняка, с ней знакомы? Да?"

Ника закрыла лицо руками: "Её нет."

"Как?"

"Её больше нет," - долетели до Санни её тихие слова.

Но он расслышал.

"Как нет? Она уехала? Куда? - Санни опустил поседевшую голову. - Ты можешь мне рассказать, что с ней случилось?"

Ника вымолвила с трудом: "Её убили."

"Когда? Кто?"

Листки газеты чуть не слетели со стола.

"Скоро будет год."

Губы девушки задрожали и она прикрыла ладонями лицо.

Санни подозвал Полли: "Как всегда."

Он посмотрел на дрожащую гостью: "Ну, а теперь слушай меня. Скрывать не буду, для твоего же блага, чтобы ты сняла свои розовые очки в отношении…, ну, ты знаешь, кого."

Санни говорил так, будто объяснял, что такое жизнь, своей младшей сестре, которой объяснить не успел. Не упомянул лишь о тех уродах, которых превратил в жмуриков. Говорил не останавливаясь, даже отправил подошедшего с телефоном бармена: "Я занят, пусть перезвонят."

В конце нажал невидимую кнопку на фигурной ручке кресла. Верх ручки отошёл в сторону, и Санни извлёк из открывшегося пространства конверт: "На. Делай с ними, что хочешь, но…, - он прикусил верхнюю губу, - но не забудь, о чём мы говорили."

Ника, трясущимися руками сунула конверт в сумку, встала: "С-спасибо," - прошептала она и нетвёрдой походкой направилась к выходу.

Она ехала к себе домой. Говорить больше ни с кем не хотела. Ника продолжала верить, что Грэга можно изменить, и в тайне от всех знала, как, и после чего он изменится. Во многих книгах, которые она читала, многие мужчины сильно менялись после рождения ребёнка, и, причём, менялись в лучшую сторону… Конверт она открывала, закрывшись в своей комнате. Дрожащими руками положила на стол крепко сбитую пачку зелёных купюр. Пересчитала. Пять тысяч. В конверте было пять тысяч долларов.

*****

ГЛАВА ШЕСТНАДЦАТАЯ

Две недели пролетели как один день. Ника была вся в хлопотах. Отдала долг маме. Встала на учёт к гинекологу. Была на приёме. Доктор, женщина в белом халате, немолодая, в очках, с большими чёрными глазами, сказала, что у неё всё в порядке. Главное - не нервничать, вовремя и правильно питаться, не употреблять спиртное, не курить. Словом, ничего необычного, и Ника вполне сможет осилить такой распорядок. На работе через Лену нашла мастеровых ребят, и вторая маленькая комната в квартире Грэга засияла розовыми обоями, мягким ковром бежевого цвета и... детской кроваткой, украшенной шариками, мягкими детскими игрушками.

"Может, с кроваткой повременишь? - спросила Лена. - Плохая примета."

"Я в приметы не верю," - отрезала пребывающая уже совсем в другом мире Ника.

Деревянная кроватка отсвечивала белизной, в тон было подобрано белье в розовых цветах. В углу у окна разместилась белая тумба для детского белья и всякого такого. Старую кровать ремонтники вынесли на улицу в мусор, а на её месте появилась новая раскладная тахта. Соседей на первом этаже не было. Неделю назад они переехали, так что можно было двигать мебель и ремонтировать без помех. В первой комнате решила ничего не трогать. Над тахтой повесила картину, купленную в магазине "Хрусталь и стекло" - "Натюрморт": ваза с цветами, а в детской появилась другая картина: в прозрачном стеклянном кувшине подсолнухи. Ника обожала подсолнухи. В магазин она пришла купить бокалы под шампанское и увидела картины. Натюрморт понравился сразу, а подсолнухи заметила позже. Думала, думала, поскольку нужно было ещё заплатить за квартиру, за электричество, страховку за машину. Цена подсолнухов всего сорок долларов.

"Лучше купить сейчас," - подумала ещё раз и купила.

Заведение под названием рехаб являлось доступным не для всех, желающих навестить своих близких. Только те, кто был вписан в лист посещения. Это могли быть родители, мужья, жёны, женихи и невесты. Ника записала себя в последние - невесты. Тем более, она и платила за курс пребывания Грэга.

Сидя в одиночестве у себя на балконе, предавалась радостным картинкам из очень близкого будущего. Звонил телефон. Пока собиралась с мыслями, трель прекратилась. Она знала, что мама ещё не вернулась с работы, а папа должен был приехать из Нью-Йорка только в субботу вечером.

"Ничего страшного, захотят перезвонить, перезвонят."

Ей сейчас было не до звонков. Осталось всего три денька, и будет очень здорово, если Грэгу понравится.

Она встала, потянулась. Вернувшись в свою комнату, прибрала на столе, убрала в шкаф папку, в которой находилось листы лабораторных работ, тестов за первый курс и половину второго. Папка была толстая, некоторые листы буквально выпирали наружу, а один всё же упал на пол. Ника нагнулась и увидела под столом какой-то предмет.

"Это же его спортивная сумка . Как же я про неё забыла?"

Она притянула сумку к себе, раскрывая молнию.

"Не понимаю, она же должна быть пустая."

Её рука нащупала что-то твёрдое. Рывком вытащила какой-то свёрток и обомлела. В красную футболку был завёрнут пистолет "Берретта". Вернув находку на место, Ника стряхнула руки, будто обожглась. Но потом любопытство взяло верх. Пистолет оказался в полной боевой готовности. Ей стало как-то не по себе. Она решила вернуть сумку вместе с содержимым до его приезда на Лоретто, но потом передумала. Зачем? Лишний повод для того, чтобы он опять стал заниматься чем-нибудь плохим. Нет уж, пусть побудет пока у меня. Так надёжнее. Закинув сумку в стенной шкаф, подошла к открытому окну. Вечерело. Попрятались по своим гнёздам птички, продолжая чирикать и пересвистываться, но уже не так звонко. Готовились ко сну. Голубое небо давно посерело, затем потемнело, оголив ядрёную, рваную полосу пурпурного заката, словно разделяющую рай и ад. Она прилегла на кровать. Чувство уверенности не покидало её. Уверенности в своих поступках.

Создать уют. Но о главном она обязательно ему скажет, как только они останутся одни.

Прикрыв глаза, она улыбнулась, вновь погладив свой живот, который не был ещё так заметен. Мир для неё стал таким прекрасным. Она любила всё вокруг и была счастлива. И захотелось Нике позвонить. Узнать, как он там. Передать привет и пожелать спокойной ночи. Посмотрела на часы: половина девятого. Осталось полчаса. После девяти звонить нельзя. Набрала номер. Трубку долго никто не поднимал. С третьего раза услышала строгий женский голос. Понимая, что звонит она не в гостиницу, спокойно спросила о Грэге. Ответ незнакомой сотрудницы её очень удивил:

"А его нет."

"Как нет?" - автоматически спросила она.

"Назовите его фамилию."

Ника назвала.

"А вы кто?"

Ника ответила, что она вписана в лист посетителей.

"Да," - согласилась сотрудница, - а вы кто ему будете?"

"Невеста, там же написано."

"Вижу, что написано, но он ушёл, верней, за ним приехали."

"Кто?" - чуть ли не в крик вырвалось у Ники.

"Не кричите, он же добровольно находился здесь, поэтому мог уйти в любое время."

"Так кто за ним приехал?" - с замиранием спросила она.

"Сейчас, сейчас, - в трубке послышался лёгкий треск, - вы сказали, что вы ему невеста."

"Да, - уже тихо ответила Ника, - н-невеста."

"Не знаю, кто кому морочит голову, только к нему вчера приезжала жена, она его и забрала…"

"Ж-жена? Вче-ера?" - прошептала Ника.

"Ну да, он так сам и сказал, что приехала жена. Извините, - закончила разговор сотрудница, - мне надо идти работать. Сами разбирайтесь со своими женихами. До свидания."

Ника опустилась на стоящий рядом стул. Попыталась повесить трубку, но тут к горлу подкатил горький комок. Она бросилась в ванную комнату. Открыла кран, не поднимая головы, умыла прохладной водой лицо. Вытираясь полотенцем, смотрела на себя в зеркало:

"Жена. Чушь какая-то. Какая жена. Стоп!" - вырвалось у неё.

Сознание вернулось к ней, а с ним пришло решение:

"Срочно нужно его найти. Найти. Найти."

Ника в момент натянула джинсы, накинула футболку, лёгкую светлую куртку, схватила связку ключей и выскочила на улицу. Первым делом подъехала на Лоретто. Машины не было, и в окнах не горел свет. Теперь нужно было проехать по точкам. Возле бассейна никого не было. Теперь к парку, хотя нет, там была полиция.

"Может, на Лэш, возле школы."

Свернув на Тамлинсон, она проехала вдоль школьного забора. Спортивная площадка освещалась плохо. Там играли какие-то ребята, но скамейки пустовали. Грэг играть не любит. Он вообще из машины выходил редко. А что, если проехать какие-то двадцать метров и заехать на парковку в апартменты с зелёными крышами. Они с Грэгом сюда пару раз подъезжали. Там тоже есть бассейн, и он с кем-то встречался. Ника повернула направо и медленно покатила в сторону бассейна. Сердце ушло в пятки. Она увидела его машину. Рядом с опущенным стеклом стоял худой высокий парень, ей показалось, что уже видела его у дерева на вечеринке в Бакс Каунти, тогда тот был в белом свитере, а сейчас в голубой рубашке с короткими рукавами. Как ей себя вести, совершенно не знала. Подойти. Или подождать, пока он начнёт выезжать. Да, лучше подождать. Он ведь нигде долго не задерживался. Она поставила свою машину фарами к выезду. Заметив, что он стал разворачиваться, Ника вышла на середину, преградив машине путь. Грэг высунул голову в бейсбольной кепке.

“Чего надо?!” - не скрывая раздражения, грубо одёрнул он.

“Мне… мне нужно с тобой поговорить,” - Ника старалась держаться как можно спокойнее.

“Нам не о чем разговаривать, ты грязная шлюха, иди лучше отсоси у Рикки, он сказал, что у тебя это здорово получается.”

Слова застряли у неё в горле. Она ожидала любого другого продолжения, но только не это. Ника в полном смысле слова онемела.

“Ты глухая, пошла вон, сучка, и не появляйся больше на моём пути.”

Грэг вышел из машины и с силой оттолкнул её в сторону, она споткнулась о какой-то предмет и спиной повалилась на асфальт. Перед тем как сесть за руль указательным пальцем он ткнул в маленький шрам на своей левой щеке:

"И ты мне ещё за это должна, сука. Должна, пять тысяч. Поняла? Тварь! Не отдашь через месяц, убью!"

Сколько прошло времени, как машина его уехала, Ника не знала. Она не помнила, как поднялась на ноги, как села в свою машину и как доехала до дома. Не помнила, как поднялась к себе на этаж. Как открыла дверь. Как прошла, словно тень, мимо что-то говорящей мамы. Как зашла в свою комнату и, рухнув на кровать, потеряла сознание. Не помнила…

*****

ГЛАВА СЕМНАДЦАТАЯ

"*Н*у как ты, Ника?" - спросил доктор Улицкий.

«Скорая помощь» доставила её в Джинс госпиталь. Тот же импозантный доктор. Ему надо отдать должное, ни разу не обмолвился об их знакомстве.

"Держись. Ты молодцом," - улыбнулся доктор.

Она лишь молча моргнула большими ресницами.

"У тебя будет всё в порядке, в смысле здоровья проблем нет. Родишь ещё и не одного малыша," - Улицкий взглянул на монитор, по которому ядовито-зелёным цветом бегала зубастая волна кардиограммы.

Ника повернула голову, нахмурив брови. Руки машинально стали вбирать в себя края одеяла:

"Почему вы говорите родишь… ещё?" - еле слышно спросила она.

Доктор провёл ладонью по своим волосам: "У тебя открылось сильное кровотечение и…"

Он на секунду взглянул на пациентку и снова отвернулся к монитору. Ника старалась понять, что же происходит.

Доктор посмотрел ей в глаза:

"У тебя… прервалась беременность. Вот почему я сказал, что всё у тебя будет в порядке."

Обессиленными руками она продолжала сжимать одеяло и что-то пыталась сказать, еле шевеля губами. Мужчина в белом халате оставался стоять у кровати. Ему очень хотелось сказать этой, видимо, неопытной девчонке, что прежде чем рожать, нужно знать, от кого. Даже не ради себя, ради ребёнка. Так, как бы сказал своей дочке, которая была ровесницей Ники. Но он лишь накрыл своей ладонью её руку: "Удачи тебе, Ника."

Её глаза повлажнели, а когда доктор ушёл, по бледным щекам ручьём покатились крупные слёзы. Спустя три дня она была дома.

Медицина сделала своё дело, а лекарства помогли справиться с её нервной системой. Так прошла ровно неделя, пока среди ночи, во сне, её не разбудил голос Лизы: "…Ника, …Ника, …"

Ника неожиданно проснулась и резко оторвала голову от подушки. Сон как рукой сняло. Свесив ноги с кровати, поёжилась. Осмотрела свою комнату. Взглянула на окно, за которым ещё хозяйничала темнота. Лизин голос, неожиданно разбудивший её, так же неожиданно пропал. Ника попыталась самостоятельно подняться. Получилось. Подошла к окну. В тёплой июньской ночи горели уличные фонари, освещая ровные ряды машин для продажи на парковке фирм "Хонда" и "Мицубиси". Стекло, к которому она прислонила свой лоб, отдавало прохладой. Неожиданно налетело лёгкое головокружение. Она решила вернуться назад и прилечь.

"Может, перекусишь? Я тебе яблоки натёрла," - в дверях стояла мама.

Ника покачала головой: "Нет, мам, не хочу, если можно, сделай мне, пожалуйста, морс - нет, чай с сахаром и лимоном."

"Конечно, конечно," - заторопилась родительница и прикрыла дверь.

Последующие два дня Ника самостоятельно передвигалась по квартире. И даже разговаривала по телефону. Первой позвонила Лена, передала от всех сотрудников привет и спросила, когда она планирует выйти на работу.

"На следующей неделе точно," - уверенно ответила Ника.

После разговора с Леной долго лежала на кровати, глядя в серый потолок. Обида и горечь утраты буквально захлестывали её. И как только силы постепенно стали возвращаться к ней, мысли о последней встрече с Грэгом искали ответа и выхода. Заканчивался четверг. Ника решила прогуляться по кругу, как когда-то они так же гуляли с Лизой. На весь путь ушло около сорока минут. Но домой она не спешила. Было о чём подумать. Прогулялась до бассейна. Сегодня там никого не ожидается. Вся тусовка с наркотиками начнётся завтра. Она это помнила. Хорошо помнила. Ника стояла возле дерева, взглянула на зелёные ветки, улыбнулась, вспомнила, как Лиза снимала маленького Алика. Вспомнила, как позже маленький Алик плакал, когда умерла его совсем юная сестра. Ника прислонилась к дереву, провела рукой по шероховатой поверхности. Потом вдруг с силой сжала кулаки…

Поужинала с мамой, которая ни о чём старалась не спрашивать и ничего не советовать. Только лишь сказала, что разговаривала недавно по телефону с Алексом.

"Как он?" - неожиданно для себя спросила Ника.

"По-моему, в порядке. Сказал, что в начале сентября начнёт ходить в спортивный зал."

"Передай ему от меня привет," - она улыбнулась, поцеловала маму и направилась в свою комнату.

"Ника, а ты ему не хочешь позвонить?"

"Не сейчас. Попозже обязательно позвоню."

Перед тем как лечь, Ника присела к столу, включила настольную лампу. На деревянной поверхности стола лежала книга, Эрих Мария Ремарк "Три товарища", которую ей посоветовал прочитать папа:

"Это сильнейшая повесть о настоящей дружбе, Ника, и о настоящей любви. Обязательно прочти. Не пожалеешь. Это любимая книга нашего с мамой поколения."

Ника раскрыла книгу, пробежала по первому абзацу и прикрыла: "Прочитаю, папуля. Прочитаю обязательно."

Ника хотела встать, но её нога случайно дотронулась до предмета, лежавшего под столом. Она вспомнила, что перед тем, как поехать искать..., переложила сюда из шкафа его сумку. Провела по сумке носком, но без эмоций. Выключила настольную лампу и пошла спать. Уснула быстро. Знакомые картинки вновь пришли к ней во сне. Сначала появилась

Карина. Потом Эрик и Джесс: они мчатся куда-то в одной машине, причём, Джесс прикладывала свой указательный палец к его губам. За ними возник образ детектива Кэмбелла. Затем она увидела себя в каком-то лесу. Ника стояла у одинокого дерева. Перед ней вдруг появился человек в чёрном плаще. "Сатана. Это сатана", - услышала она голос Карины. Ника не могла рассмотреть его лица, скрывающегося за светящейся жёлтой маской. Она испугалась. Прижавшись спиной к стволу дерева, почувствовала, что теряет сознание. В это время человек в чёрном плаще вытащил из-за спины огненную плеть. Плеть хлестнула Нику сначала по лицу, а потом по животу... Она закричала от боли, но её голос заглушил пронзительный гудок паровоза, страшный грохот и раздирающий душу крик. Затем всё вокруг осветила огромная молния, и она увидела, что у самых корней хлюпает кровавая жижа, в которой лежит Лиза ...

Ника проснулась. Свесила ноги. Недопитая бутылка воды, оставленная ей с вечера, очень пригодилась, чтобы сделать несколько глотков, промыть глаза, всё лицо и сделать ещё глоток. Посидев с минуту, она встала. Подошла к приоткрытому окну. В безветренной и душной ночи лениво покачивались черные большие тучи, похожие на глыбы угля. Между ними плыла полная луна, да так низко, что едва не задевала верхушки деревьев и спящие корпуса автосервиса. Она не заметила, как стала перебирать руками тонкую оконную занавеску. Сначала лёгкими щипками, потом больше, больше... Остановилась, когда зажала ткань в оба кулака, собираясь с силой рвануть:

"Стоп, - пронеслось в её голове, - надо поговорить. Ты слышишь, Ника, теперь надо поговорить…"

Она усадила себя на крутящийся кожаный стул-кресло, развернула его к кровати, повторив: "Надо поговорить."

Затем пересела на кровать. Молчание длилось, пока она не поняла, что сейчас искусает себе все губы. Выдохнув, подняла бутылку. Три жадных глотка привели её в чувства.

"Ты никогда не хотела поговорить с собой. Ты слышишь, Ника?" - сцепив пальцы на руках, обратилась она в сторону стула, туда, где сидела та Ника, которая с отличием закончила школу, поступила в колледж, уважала людей вокруг себя, верила им, старалась помочь. Так, как учил её папа: - доверяй, но по справедливости.

Оправдывала всех и во всём искала только хорошее, не веря ни во что плохое, несмотря на тяжёлые, чёрные, грязные мазки, которые появились на чистом листке её совсем ещё молодой жизни. Она снова приложила бутылку ко рту. Сделала глоток. Вернула бутылку на тумбочку.

"Ты боишься говорить? А почему? - она нахмурила брови. - Ты трусиха? А ведь говорить есть о чём!"

Опустив голову, продолжила: "Ты стала воровкой, преступницей. Ты ходишь… ходила… нет, ходишь! Ходишь по пятам человека, уродующего твою жизнь. Твою жизнь, Ника! Тебя втоптали в дерьмо, плюнули в лицо и обтёрли о тебя ноги. Ты этого хотела? Ты этого ждала от жизни? Даже та маленькая надежда, то маленькое существо… - тебя лишили и этого …"

Она почувствовала, что задыхается…

Ещё один глоток. Ника зажала ладонями рот, чтобы не зареветь. Её стало трясти. По бледным щекам покатились прозрачные ручейки. Она упала лицом на подушку, вцепившись в неё зубами. Звуки булькающие, шипящие, рычащие растварялись в белом льняном полотне: тише, тише, ещё тише… Вытерев о подушку заплаканные глаза, она медленно повернула голову:

"Извини, Ника, - сказала она в сторону стула, - извини, но я должна. Извини."

…Резко приподнявшись на локтях, прижимая к груди подушку, Ника прислонилась к стене, бросив взгляд на чёрную пустоту за окном. Теперь она ощутила себя совершенно спокойной. Встала. Оделась. Чёрная футболка, лёгкий спортивный костюм, штаны и куртка. Движения её были уверенными, точными и расчётливыми. Присела на одно колено у стола. Протянула руку и на секунду остановилась. Замерла. Затем, в одно мгновение, закусила губу, подняла сумку, перекинула её через плечо и посмотрела на часы. Светящиеся стрелки показывали третий час ночи. Мама, уставшая вчера на работе, спала крепко. Ника тихонько минула кухню, открыла входную дверь и вышла.

Корпуса, стоявшие перпендикулярно и параллельно к Халдеман авеню, пребывали в тиши. Как только она села за руль, время для неё не имело больше никакого значения. Доехала до Лоретто. Запарковала машину рядом, на соседней узкой улице. Выключила двигатель, раскрыла молнию на сумке и рукой нащупала обёрнутый в красную футболку пистолет. Извлекла, примерила, ощутила холодную шероховатость рукоятки. Передёрнула ствол и вернула оружие в сумку. Выйдя из машины, Ника закрыла её на ключ и медленно, но уверенно, направилась к знакомому дому. Открыв первую нижнюю дверь, приостановилась лишь на мгновение и быстро, но тихо поднялась. На секунду задержалась перед дверью в квартиру, затем спокойно вставила и повернула ключ... Закрыв за собой дверь, включила свет. Первое, что она увидела, на ближнем краю подушки копну рыжих волос. Рыжая копна зашевелилась, сквозь неё заморгали на Нику заспанные зелёные глаза. Это была Джесс. Ника на мгновение растерялась, но тут же взяла себя в руки и злорадно улыбнулась. Она вспомнила модную сумку "Гуччи". Что ж, теперь они вместе. Вместе и будут отвечать. Она сунула руку в сумку и, выхватив "Беретту," направила дуло в сторону дивана:

"Ты просил вернуть долг, Грэг?" - сказала Ника холодным голосом.

Зелёные глаза пропали под одеялом, оставив лишь рыжую прядь. Грэг лежал к ней спиной. Ника сделала шаг вперёд:

"Лизу не вернуть, Грэг, но за неё можно ответить. А, как ты думаешь, Джесс?"

Грэг дёрнул плечом и, не поднимаясь, стал медленно поворачиваться.

"Это не я! Это не я!" - донеслось из - под одеяла, поверхность которого начала подрагивать.

"Это не ты, Джесс, это вы вместе," - только и успела сказать Ника.

В ту же секунду Грэг поднял свой корпус и вскинул руку. "Берретта" и "Глок" отверстиями стволов смотрели друг на дружку.

"Я тебе сказал, - скривился Грэг, - убирайся вон, вонючая шлюха, иначе я тебя…"

Он не успел договорить.

"Не нада-а-а!!!" - закричала Джесс и, неожиданно поднявшись, подтолкнула Грэга.

Прогремело два выстрела. Одна пуля проскочила над Никиным плечом и застряла в стене над вешалкой возле двери, а другая врезалась Грэгу в голову. Он завалился назад и, выронив свой пистолет, стал медленно сползать по стене, оставляя за собой широкий кровавый след. Джесс затрясло, из её приоткрытого дрожащего рта вырывались хриплые, приглушённые звуки. Ника стояла на прежнем месте с безумным взглядом и трясущимися руками. "Беретта" продолжала смотреть в сторону дивана. Джесс закрыла лицо руками, замотала головой, и вдруг из маленькой соседней комнаты раздался громкий… детский плач. Обе молодые женщины повернули головы в сторону узкого коридора. Первой пришла в себя Ника.

"Кто? Кто там?" - тихо спросила она.

Джесс вскочила с постели и бросилась на детский крик. Ника прижалась спиной к стене и разжала окаменевшую руку, из которой тут же выпал пистолет. Грэг был мёртв. Когда ребёнок успокоился, она прошла за Джесс. Торшер в углу бросал спокойный розовый свет на детскую кроватку, над которой крутились, как на карусели, игрушечные рыбки, зайчики, мишки, бабочки.

"Динь-дрынь-дон… динь-дрынь-дон… динь-дрынь-дон…"

На складном диване сидела Джесс и, утирая слёзы, держала крохотное создание, с удовольствием чмокающее её грудь. Ника прошла к тумбочке, вытащила полотенце: "На, вытри руки. Это кто, это…"

"Это сы-ын, его сын," - прошептала Джесс, вытирая свободную руку.

У Ники защемило сердце. Она не могла больше находиться рядом, не могла слушать сопения малыша. Развернувшись, еле сдерживая слёзы, бросила через плечо:

"Хочешь, оставайся. Хочешь, уходи. Я пошла в полицию…"

*****

ГЛАВА ВОСЕМНАДЦАТАЯ

Ребёнок попил молоко. Успокоился и заснул. Джесс услышала щелчок выключателя. В гостиной пропал свет. И тут же хлопнула входная дверь.

"Хочешь, оставайся. Хочешь, уходи…" - эти слова наконец-то дошли до неё.

Джесс встала, аккуратно, слегка подрагивающими руками опустила кроху на мягкую перину, окутанную розовым полумраком.

"Да-да, конечно, ухожу…"

Бросив тревожный взгляд в черноту оконного проёма, присела на тахту. Как она не хотела встречаться с ним. Даже написала ему из тюрьмы письмо, что не хочет возвращаться. А когда Грэг позвонил и попросил забрать его из рехаба, … не смогла отказать. Испугалась.

"Спокойней, спокойней… Ты не одна… Ты должна взять себя в руки."

Джесс вытащила чистую футболку из спортивной сумки, лежавшей возле белой тумбочки. Окровавленную футболку сняла и сунула в ту же сумку. Натянула джинсы, расправила по плечам растрёпанные волосы, огляделась вокруг "Свет…"

Выдернула из розетки шнур. Розовое сияние над детской кроваткой исчезло. Запеленав малыша в лёгкое одеяло, осторожно направилась к выходу. Проходя гостиную, заставила себя остановиться. На разложенном диване, рядом с откинутой костлявой рукой в сумрачном свете она увидела пистолет. Холодный, серебристый луч пересекал тёмное пространство убогой комнаты. Теперь её глаза скользили по этой световой дорожке и остановились над вешалкой у двери, где зияла единственная дыра от пули. Она вздрогнула, но не более. Невероятно, как быстро к ней вернулась прежняя уверенность. Джесс поняла, что она должна сделать. Бросив под ноги сумку, из которой раздался лязг ключей от её машины, расположила малыша на кресле и на секунду замерла. Затем, глубоко вздохнув, взяла с журнального столика салфетку, подняла с пола пистолет и, повернувшись к вешалке, нажала на курок…

*****

ЭПИЛОГ

Мишель Хьюз, выйдя из лифта, порылась в своей сумке, выудила ключ и, приоткрыв дверь, остановилась. В гостиной горел торшер.

"Неужели не выключила?"

Она подняла язычок выключателя вверх, и коридор осветился тёплым розовым светом. Девушка закрыла за собой входную дверь. Держа в руках мобильный телефон, не снимая белого лёгкого летнего плаща и туфель светло-коричневого цвета, прошла в комнату, чтобы включить люстру, но не успела.

"Сядь в кресло и не вздумай кричать," - услышала она со стороны окна чей-то тихий, но уверенный голос.

Мишель опустилась в кресло и сложила на коленях подрагивающие руки.

"Не вздумай звонить, - от окна на середину комнаты вышел среднего роста мужчина в тёмном плаще и в тёмных очках, - я тебя не трону и не обижу."

Он присел на диван:

"У меня и у тебя мало времени. Мне нужно что-то тебе рассказать."

Мишель была еле жива. Ужасно жалела, что не согласилась, чтобы Винни остался у неё. Сегодня ей хотелось побыть одной.

"Мишель, тебя зовут Мишель, так?"

Она кивнула.

"Тебе нужно срочно уезжать из города. Срочно. Если ты не уедешь, тебя убьют."

Мишель совершенно не была готова к подобному разговору Она затряслась, как осиновый лист.

"Почему я должна вам верить? Кто вы?"

"Потому, что я тот, кто должен это сделать. Тебе нельзя волноваться. Ты же беременна?"

"Как вы…", - слова застряли у неё в горле.

Мужчина встал во весь рост и вынул изо рта зубочистку. Он сунул руку во внутренний карман плаща и вытащил широкий конверт.

"Я знаю, что ты, верней твои родители, живут в Буффало. Здесь билет на самолёт и деньги на мелкие расходы. Улетаешь ты завтра утром. Не вздумай звонить Винни. Всё испортишь. Береги себя и своего ребёнка. Лучше, если ты переведёшься в другой колледж, - он на секунду задумался и вернул зубочистку в рот, - ну, например, где-нибудь в Канаде или в Калифорнии. Но лучше в Канаде. Тебе нельзя встречаться с Винни. Только не спрашивай, почему. Я не отвечу. Я пришёл тебя предупредить. Почему? Тебе тоже не обязательно знать. Всё, я должен валить. Учти, не уедешь, не я, так кто-то другой тебя… кончит."

Он направился к двери:

"И ещё, о нашем разговоре никому. Придумай для Винни, что угодно, но у тебя осталась одна ночь. Будь умницей. Если он тебя любит, сам найдёт. Спасай себя и ребёнка."

*****

В небольшую накуренную комнату сквозь приоткрытое единственное окно пробивался рассвет. За столом сидели двое. Детектив Майкл Кэмбелл прикрыл свою папку и посмотрел на сержанта Ватсона: "Ну, что скажешь, Гарри?"

Сержант затушил сигарету в пластмассовой пепельнице и встал: "Развязка что надо. Как раз для газетчиков. Неожиданно, но…"

"Но, что?" - детектив тоже поднялся, потянулся и подошёл к окну.

"Майк, комментировать рано. Сам знаешь. Думаю, сейчас самое время пойти поспать."

"Согласен."

Сержант был уже в дверях.

"Два пулевых отверстия против одного? Как её настоящее имя, Николь?"

"Да, - ответил Кэмбелл, - но все зовут её Ника."

"Ника? Ника, звучит. Всё, лейтенант, чувствую ещё немножко, и я усну прямо у тебя в кабинете."

"Счастливо отдохнуть, Гарри."

"А ты?"

Детектив почесал сжатым кулаком свой подбородок:

"А я загляну ещё раз на Лоррето."

Сержант кивнул в знак согласия и вышел за дверь.

*****

К оранжевой форме Ника привыкла, но номер свой запоминать категорически не хотела. Я не номер. Я человек. Так она решила, а кому надо, пускай сами смотрят. Многое передумала Ника за прошедший год. Но жалости ни к себе, ни к тому, что случилось, не испытывала.

"Я должна была это сделать. Должна."

Чтобы как-то себя занять, а проще, чтобы не сойти с ума, она решила выучить какой-нибудь язык. Для начала писать и читать по-русски. Это было не так трудно. Всё-таки говорить она могла и неплохо. Потом думала - французский, но остановилась на… японском. Почему? А вот так. Раз решила, значит решила. Спешить некуда. Ещё целых двенадцать лет впереди. И выучить хорошо, так, чтобы можно было читать и писать.

Коридор закончился, и её ввели в комнату с опущенными пластиковыми шторами на окнах. В середине стоял деревянный стол белого цвета, с двух сторон к нему было приставлено по одному стулу. С одного из них, стоявшего спиной к двери, поднялся среднего роста мужчина в строгом тёмно-сером костюме, белой рубашке и синем, в белую косую полоску, галстуке. Это был её адвокат, Джеффри Спектор. Сегодня настроение у него было самое что ни на есть прекрасное. Он, не скрывая улыбки, разложил на столе какие-то бумаги, поставил под стул портфель и посмотрел в сторону открывшейся двери.

"Здравствуй, Ника, неплохо выглядишь, а у меня для тебя хорошие новости."

Девушка не обратила на его слова никакого внимания. Подошла к свободному стулу и присела.

"Я говорю, что у нас есть шанс. Ты понимаешь, о чём я?"

Ника посмотрела на адвоката и попыталась улыбнуться краешками губ: "Нет, не понимаю."

Адвокат Спектор, видимо, был готов к такому началу разговора: "Почему ты не сказала, что принесла Грэгу его спортивную сумку? Даже если в ней лежал пистолет, ты пришла, чтобы вернуть его, понимаешь, его вещи. Так?"

Нахмурив брови, она посмотрела на представителя закона: "Я пришла, чтобы…"

Адвокат, говоривший до этого стоя, резко присел и придвинулся к столу: "Послушай, у нас, верней, у тебя есть шанс. Ты что, хочешь провести свою молодость в этих стенах?" - развёл он руками.

Ника молчала.

"Ну ладно, будь внимательна, один из свидетелей, - произнёс он очень медленно, - изменил свои показания. Теперь можно констатировать, что у тебя получился выстрел в целях самообороны. Тот парень спровоцировал твой выстрел, поскольку выстрелил первым. Так? Пятнадцать лет или пять, разница есть?"

Теперь Ника смотрела адвокату прямо в глаза.

"Пятнадцать и пять, о чём он говорит," - пронеслось у неё в голове.

"Но самое интересное, - адвокат снял пиджак и повесил его на спинку стула, - из пистолета "Глок" было произведено два выстрела и все в сторону двери. Ты стояла там. Помнишь?"

Джеффри встал, подошёл к двери и закрыл её на торчащий внутри замка ключ.

"Ты сказала, что он выстрелил в тебя один раз, но тогда почему над дверью остались следы от двух пуль? Кто мог выстрелить из его пистолета второй раз? Теперь понимаешь?"

"Не очень," - тихо произнесла Ника.

"Он хотел тебя убить, а вышло наоборот, - адвокат похлопал себя по лбу, - и у нас есть свидетель…"

*****

Яхта "Сюзанна" отчалила от берега и встала носом в открытое море. Санни и Пеппе, как и положено, спеленали труп "жмурика" брезентом, обвязали широкой серой изолентой, получилось неплохо. Что-то, похожее на кокон бабочки - капустницы, только в сильно увеличенном размере. Очередная работа для дона. Санни взглянул на циферблат, стрелки показывали половину десятого. Над проливом нависло тёмное звёздное небо в стальных разводах. Через сорок минут они будут на месте. Санни перекинул зубочистку на другую половину рта, посмотрел на барометр и улыбнулся. Давление высокое, значит к ясной погоде. Тут ещё и луна, разметав серые полосы, выкатилась в полном своём величии. В детстве он часто слышал рассказы от отца, как древние люди по Луне и звёздам ходили в далёкие походы, и доходили, и возвращались. Пеппе ковырялся на кухне, готовил ужин. Он специалист по кулинарным делам. После ужина Санни чувствовал себя прекрасно. Хотел помочь напарнику, но тот заверил его, что справится сам. Скоро они сбросят "жмурика", вернутся домой, и он обязательно проспит целые сутки. Именно столько, сколько он не спал, охотясь за последним заказом. Санни это хорошо запомнил: последний заказ, - так сказал ему дон. Выйдя на палубу и подойдя к трупу, он слегка насторожился. Зубочистка выпала у него изо рта. Непонятный холодок пробежал по его спине. Рука автоматически нащупала маленький пятизарядный пистолет.

"Не надо, Санни," - услышал он позади знакомый голос.

После первого выстрела его бросило на корму, Санни упал немыслимым кувырком и окровавленной спиной прижался к железному борту. В трёх шагах от него стоял его верный партнёр Джузеппе: "Извини, Санни, это не я. Мне приказа…"

В эту же секунду Санни из последних сил выхватил своего "спасателя". Пеппе рухнул с дыркой в горле, но перед этим успел тоже нажать на курок. Неожиданно налетел порывистый ветер, яхту развернуло, небольшая волна ударила о борт, и палубу окропили прохладные капли. Санни сидел, широко раскинув вытянутые ноги.

Ему вспомнился отец, играющий с ним в футбол, мама, ставящая на стол лазанью и равиолли. Увидел себя, сидящего рядом с Луизой и Сюзанной. Он улыбнулся сквозь окровавленный рот, ему вдруг стало очень спокойно и хорошо. Теперь он вместе с ними, теперь они не расстанутся никогда. Санни хотел вдохнуть приятный морской воздух, но у него не получилось. Он лишь дёрнулся всем телом, и его голова безжизненно упала на окровавленную грудь…

*****

Серого цвета "Мазда" повернула с Филмонт авеню на улицу Байберри, проехала первый въезд и свернула на широкую аллею еврейского кладбища "Шалом". Остановилась возле кирпичного здания, похожего на старую белую крепость. На парковке стояло ещё несколько машин. Выйдя из машины, молодая женщина зашагала в сторону многочисленных аллей, поправляя по дороге осенний плащ терракотового цвета. В руках у неё был букет сиреневых роз. Она миновала третью линию высоких деревьев и свернула на ближайшую тропинку. Шла недолго. Дойдя до нужной могилы, присела. Вытащила из сумки маленькую бутылочку с водой, перелила в пустую стеклянную вазу и поставила в неё букет. Обратила внимание на стоящую рядом вазу с совершенно свежими чайными розами. Поднявшись, поправила оправу очков с затемнёнными стёклами. Посмотрела на памятник. На чёрном гранитном монументе белые розы и надпись белого цвета:

248

"Спи спокойно, дочурка. Ты всегда с нами. С любовью, мама и папа", ниже имя и фамилия: *"Лиза - Лэя Гриншпун 1989 - 2009 г.г."*

Постояв ещё около пяти минут, молодая женщина развернулась и пошла обратно. Нажав на ключе кнопку сигнализации, открыла дверь, но сесть в машину не успела.

"Ника!"

Услышала она позади себя мужской голос и обернулась. Возле красивой спортивной машины тёмно-красного цвета стоял... Алекс. Сжав рукой свою сумку, Ника смотрела и не верила своим глазам. У неё слегка задрожали губы. Не сводя взгляда с молодого парня, улыбающегося ей, она замерла в ожидании. Алексу оставалось до Ники пару шагов. Она не выдержала, выронив ключи и сумку, бросилась к нему навстречу, обвила его шею руками, говорить она не могла...

*****

ОГЛАВЛЕНИЕ:

Made in the USA
Middletown, DE
11 September 2019